# 인연의 옷깃이 스쳐간
# 한악계의 별들

이 책은 대한민국예술원 2018년도 출판지원과
조선일보 방일영문화재단의 후원으로 출간되었습니다.

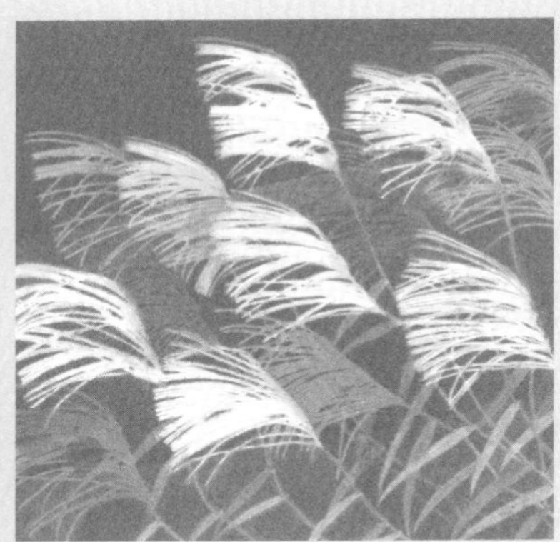

인연의 옷깃이 스쳐간

# 한악계의 별들

한명희 지음

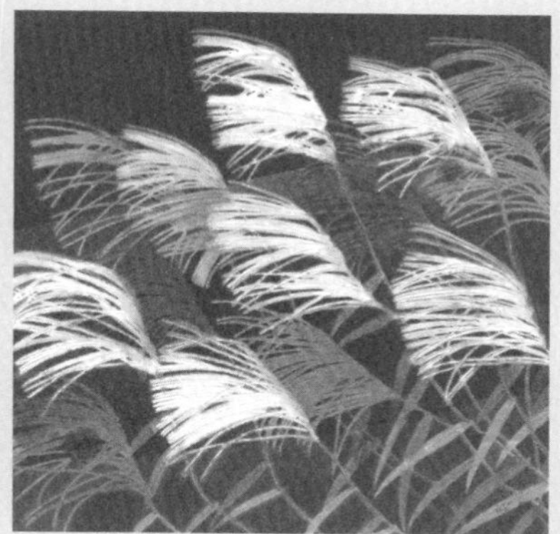

이지출판

# 인연 한 자락

열정과 패기로 싱그럽던 젊음의 숲 속을 지나 어느덧 황혼의 들녘에 들어서고 보니, 저만큼 내가 밟고 온 회상의 지평에는 마치 해일海溢이 쓸고 간 폐허의 적막처럼 희미한 잔상의 몇몇 인연의 편린들만 나부끼고 있다.

분명 곡절도 많고 애환도 많은 인생 역정이었는데, 마법 같은 세월이 모두를 쓸어다가 휘젓고 버무리더니 달랑 사람과 사람이 만났던 달짝지근한 인연 한두 자락만 백발기로白髮耆老에게 잘라 주곤 그만이다. 그러니 어쩌겠는가. 나도 한때 이 풍진 세상을 살아 봤노라 징표 하나라도 챙겨 보려면 그 소중한 인연들의 고리라도 애지중지 새겨둬야 하지 않겠는가.

적지 않은 연륜이 쌓이다 보니, 내 삶의 그물망 중에도 유명 무명의 보석 같은 인연들이 밤하늘의 별들처럼 영롱한 빛을 발산하고 있다. 이번에는 그 숱한 별들 중에서 나와 옷깃을 스쳐봤던 내 전공 분야인 한악계의 몇몇 별들과의 인연을 서툰 솜씨로 역사라는 시간의 대리석에 새겨보기로 한다.

주로 청탁에 의해 시나브로 써 온 글들을 찾아서 모아 보니, 내용은 미진할지언정 한때 우리 시대를 풍미했던 웬만한 명인 명창들이 대부분 망라됐다 해도 과장이 아닐 정도로 긴 별자리표가 그려졌다.

막상 졸고를 넘기고 나니, 경영 논리를 떠나서 선선히 출간을 수락해 준 이지출판사 서용순 사장의 호의가 새삼 고맙기 짝이 없음을 깨닫게 된다. 또한 이 자리를 빌려 변변찮은 졸저의 출간비를 지원해 준 대한민국예술원과 조선일보 방일영문화재단에 충심어린 감사 말씀을 드린다.

2019년 여름

이미시문화서원 좌장 한 명 희

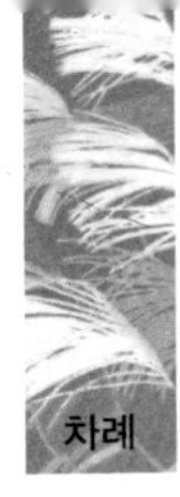
차례

## II

# I

분명 곡절도 많고 애환도 많은 인생 역정이었는데, 마법 같은 세월이 모두를 쓸어다가 휘젓고 버무리더니 달랑 사람과 사람이 만났던 달짝지근한 인연 한두 자락만 백발기로白髮耆老에게 잘라 주곤 그만이다. 그러니 어쩌겠는가. 나도 한때 이 풍진 세상을 살아 봤노라 징표 하나라도 챙겨 보려면 그 소중한 인연들의 고리라도 애지중지 새겨 둬야 하지 않겠는가.

# 가야고 병창으로 그린 비천상

★

**강정숙 명창**

강정숙의 음악은 흐르는 물과 같다. 그만큼 유연하고 자연스럽다. 기교가 없는 바 아니나 드러나지 않고, 장인적 내공이 없을 리 없으나 나타나질 않는다. 음악이 완전히 체화되어 하나로 흐르니 마음과 음악 간에 경계가 없어진 것이다. 그래서 그녀의 음악은 대교약졸大巧若拙의 경지처럼 편안하게 다가오고 간이하게 느껴진다.

많은 사람들이 현란한 재간을 앞세워 음악을 한다. 재간이 앞서가면 가슴속에 뿌리를 둔 감성의 끈이 끊어진다. 심금心琴이 끊어지니 드러나는 소리인들 오죽하겠는가. 우리가 통상 경험하듯 메마르기 짝이 없고, 공허하기 그지없다.

회사후소繪事後素라는 말은 역시 고금의 진리가 아닐 수 없다. 깨끗한 흰 바탕에 그림을 그려야 색깔이며 형상이 제대로 각인되지 않겠는가. 매사가 매한가지다. 음악 또한 바탕이 문제다. 바탕은 닦지 않고, 그 위에 재주로만 수繡를 놓으려 하는 세태다. 마음속 정서의 텃밭에 눈길 한 번 주어 보지도 않은 채, 의례적인 관행처럼 손가락 연습에 발성 훈련부터 서두른다.

강정숙 명인의 음악은 이 같은 세간의 풍조와는 격이 다르고 차원이 다르다. 한마디로 신체 일부의 노련한 훈련으로 쌓아올린 음악이 아니다. 기교 훈련에 앞서 배양된 감성적 마음 바탕이 있다. 그 마음 바탕은 천부적으로 타고난 재질일 수도 있고, 어려서부터 갈고 닦은 공력의 덕일 수도 있으며, 아니면 남도지방 특유의 지역적 서정이 배태시킨 필연적 인과因果랄 수도 있다.

아무튼 그녀의 음악 속에는 여느 음악에서는 좀해서 감지되지 않는 세미한 악흥이 있다. 더없이 부드럽고 따듯하면서도, 그리움이 자욱한 보랏빛 연무煙霧 같은 미감이 있다. 그가 병창을 하건 가야고를 타건 판소리를 부르건 한결같이 저변에 맥맥이 흘러가는 그녀만의 예술적 태깔이다.

드디어 강정숙 명인이 자신의 음악적 색조 위에, '만경벌 두레살이 걸쭉한 육담肉談 남도길 굽이굽이 서린 정한情恨들'까지 입혀서 서공철류 가야금 산조 음반을 발간했다. 크게 경하할 일이 아닐 수 없다.

# 사물놀이로 세계를 제패한 선구자

★

**김덕수 명인**

1978년의 일이다. 한국 음악계의 지평에 번쩍 섬광이 하나 일었다. 신천지를 여는 개벽開闢의 신호였다. 개벽의 섬광과 함께 물방울이 하나 생기고 파란 새싹이 돋았다. 물방울은 모여 실개천이 되고 실개천이 모여 강물이 되었으며, 강물은 흘러 오대양을 이루며 도도한 파도를 만들었다. 새싹은 자라 초목이 되고 초목은 자라 우람한 거목이 되었으며, 거목은 밀림을 만들며 지구촌을 온통 싱그러운 초록 포장으로 뒤덮었다.

바로 사물놀이가 걸어온 '전설' 같은 족적이요 역사다. 사물놀이가 고고성呱呱聲을 울린 곳은 서울 원서동의 '공간사랑'에서였다. 당시 공간사랑 소극장에서는 작지만 문화적 의미가 큰 행사들이 많이 열렸었다. 특히 무심한 사람들이 지나쳐 버린 전통문화를 수없이 발굴하고 기획하여 세상에 알린 공적은 한국문화사에 크게 남을 일이다. 앞서가는 문화 안목에다 전통과 개성을 존숭尊崇하던 고 김수근 건축가와 한창기 문화 딜레탕트dilettante의 시대 의식 덕택이 아닐 수 없다.

아무튼 민속학자 심우성이 작명했다고 하는 사물놀이는 출생과 함께 선풍적인 반향을 일으켜갔다. 잘 알다시피 사물놀이란 사물四物, 즉 네 가지 타악기를 가지고 신명나게 한판 펼쳐보는 공연물이다. 원래 사물악기는 농악農樂의 기본 악기다. 농악은 멀리 상고시대부터 한국인들의 삶과 고락을 함께해 왔다. 그만큼 역사도 깊고 환기시키는 감성의 스펙트럼도 다채롭다.

농악은 요즘 유행어로 말하면 융복합적인 마당놀이였다. 음악이 있고 춤사위가 있고 기예가 있다. 특히 농악은 리듬의 보고寶庫다. 한국인의 핏줄 속에 흐르는 리듬감은 다 그 속에 있다. 그래서 '농자천하지대본農者天下之大本'의 깃발을 앞세운 농악대가 저만큼 동구 밖에서 징소리를 울리며 다가오면, 이내 온 동리는 신바람의 파노라마로 술렁대기 일쑤였다.

그 후 시대는 상전벽해로 바뀌었다. 농본사회가 산업사회로, 농촌형 환경이 도시형 환경으로 환골탈태됐다. 농악놀이가 설 자리가 없어졌다. 마을마다 있었던 널찍한 마당마저 사라졌다. 전래의 야외 마당놀이가 고사枯死해 갔다. 궁여지책의 대안이 산업사회가 제공한 도시의 실내무대였다. 농악계도 지혜를 짜냈다. 농악의 핵심 악기만으로 음향의 균형을 잡아 사중주의 틀을 짠 것이다. 그것이 곧 오늘의 사물놀이였다.

사물놀이는 출생 당시부터 세간의 이목을 끌었다. 우레 같은 음향의 홍수가 듣는 이를 압도했고, 용출湧出하는 에너지는 고목에도 생기가 돋을 듯했다. 이 같은 이단아적인 음향덩이tone cluster는 당시 시대 상황과도 절묘하게 맞아떨어졌다.

60,70년대는 전통음악의 수난시대였대도 과언이 아니었다. 서구 음악에 밀리고 치이며 우리 음악은 대중의 안중에 없었다. 국악은 느리고 무기력해서 싫다는 것이 일반인들의 핑계였다. 이 같은 통념을 일신시킨 지렛대가 다름 아닌 사물음악이었다. 전통음악 중에도 발랄하고 싱그러운 음악이 있음을 확실하게 주지시켰다. 자연히 대중들의 관심도 높아져 갔다. 농본사회 때 각인된 아련한 추억의 향수와 함께.

사물의 등장 시기는 유신 말기였다. 온 국민이 속앓이하던 울분의 시기였다. 해머로 폐차를 두들겨 부수는 해프닝이 벌어지기도 하던 시절이었다. 이때 사물이 적시에 등장했다. 무대에서 꽹과리며 북이며 장고며 징을 땀을 뻘뻘 흘리며 두들겨대는 사물놀이는 일시에 시대적 분노를 날려 버렸다.

리듬이 어떻고 가락이 어떻고가 문제가 아니었다. 지축을 울리는 음향과 신들린 듯 두들겨대는 연주자들의 모습만 봐도 스트레스가 풀렸다. 그들의 한판 놀이에는 십 년 체증이 뚫리고 시대적 공분이 희석됐다. 그러고 보면 사물놀이야말로 음악이되 음악의 범주를 뛰어넘는 다중적 의미가 응축된 역사적 산물이 아닐 수 없다.

이처럼 막중한 의의를 지닌 사물음악의 중심에 바로 김덕수라는 타고난 재질의 장인匠人이 있다. 알다시피 김덕수는 농악 집안의 후손이다. 농악적인 정서와 리듬감이 골수에 배어 있다. 게다가 유년기부터 무동舞童 역을 하며 놀이판을 누볐다. 뒤늦게 기교만을 익혀서 활동하는 연주가들과는 질적으로 다를 수밖에 없다.

감동적인 예술이란 숙달된 기교만으로 이뤄지지 않는다. 몸 속에서 솟아나는 감과 끼가 받쳐 줘야 한다. 한마디로 기량 이전에 예술적인 유전질, 즉 토양이 비옥해야 한다. 김덕수는 그들을 두루 갖춘 명인이다. 거기에 남다른 추진력과 기획력도 돋보이는 인재다. 그러기에 사물음악 오늘의 튼실한 결실을 창출해 낼 수 있었다.

돌이켜보면 그것은 곧 이변이었다. 놀람이요 감동이었다. 명맥이 끊겨 가던 농악이 사물놀이로 중흥되며 지구촌의 음악으로 확산되었으니 세상사 새옹지마랄까, 진실로 뭉클한 감격이 아닐 수 없다.

이처럼 새로운 문화 조류 하나를 조성해 낸 주역이 김덕수다. 마치 서양 고전 · 낭만시대의 현악사중주처럼, 한국의 타악사중주percussion quartet 음악을 국내는 물론 세계 만방에 '한류'의 효시를 이루며 확산시켜 간 이가 바로 김덕수다. 이 같은 관점에서도 김덕수는 문화사적으로 깊이 조명받을 인물이 아닐 수 없다.

# 반듯한 기개 꼿꼿한 자존심

★

**김소희 명창**

명창 김소희가 순옥順玉이라는 아명의 길이 아니고 그의 이모가 지어 주었다는 소희素姬라는 명창의 길을 걷게 된 것은, 우연한 일이라기보다는 그렇게 될 수밖에 없었던 필연적인 숙명이 아니었나 싶다.

당시 혜성과 같이 군림하던 여류 명창 이화중선李花中仙의 소리에 매료될 기회가 있었다든가, 광주로 취학을 한 덕분에 송만갑宋萬甲의 문하에 쉽게 들 수 있는 여건이 주어졌었다든가 하는, 긴 인생 여로에서 만남의 우연성도 손꼽지 않을 수 없겠지만, 그보다도 김소희는 날 때부터 명창으로 대성할 남다른 소질을 타고난 게 사실인 것 같으니, 이는 곧 '팔자소관'으로 돌리는 수밖에 없을 것이다.

만정 김소희는 1917년 12월 1일 전북 고창군 흥덕면 흥덕리에서 태어났다. 그는 이미 어려서부터 풍류스런 분위기를 흠뻑 마시며 자라난 셈이다. 전라도 하면 자타가 인정하는 예향인데다 고창 지방은 특히 명창의 고을이랄 만큼 수다한 소리꾼을 배출했다. 다른 사람은 고사하고라도 우선 이 나라 여류 명창 중에서 내로라하던 인물인 채선彩仙, 허금파許錦波, 김여란金如蘭 등이 모두 이 고을의 정기를 타고난 낯익은 이름들인 것이다.

어디 그뿐이던가. 한학에 조예가 깊어 판소리 음악의 사설을 정립하고 스스로 많은 단가를 지어낸 판소리계의 은인 동리桐里 신재효 선생 역시 이 고장에서 평생을 보낸 분이 아니던가.

게다가 만정 김소희의 부친은 단소였든가 피리였든가를 잘 불며 꽤나 풍류를 즐기던 분이었다고 한다. 김소희의 어린 감정은 자연히 이 같은 풍류스런 색깔로 물들어가게 마련이었고, 바로 이 같은 감성의 색깔은 그녀의 타고난 재분才分을 한결 실하게 자랄 수 있도록 작용했을 것이다.

여기에 타고난 재분 얘기가 나왔으니 말이지 김소희는 확실히 남다른 예술적 재질을 타고났음이 분명한데, 이 같은 심증은 그녀의 몇몇 삽화적인 이력을 일별해 보더라도 이내 알아차릴 수 있다. 거문고에 달통한 사람은 세사世事에도 달통할 수 있다는 말처럼, 하나의 예능에 능통하면 자연히 그 방계의 예능에 수완을 보이는 수가 많다. 김소희의 경우에도 그 폭과 깊이가 남다른 데가 있었다.

국악을 아는 사람은 이해하는 얘기지만, 판소리를 익히면서 정악 거문고를 배운다는 것은 여간 어려운 형세가 아니었는데도 김소희는 소리 외에 거문고도 익혔다. 그의 판소리 음악에 깊이 있는 품도를 싣는 데 크게 도움이 되었을 것이다. 뿐만 아니라 전주의 정성린鄭成麟에게는 고전무용을 전수받아 수준급의 정통성을 보여 주고도 있다.

특히 그가 서화에도 능해서 붓글씨로는 국전에 세 번이나 입선했다는 사실은 꽤 알려진 일이다. 또한 이와 같은 예능적 특기 외에도 김소희는 문학에 꽤나 미련을 두기도 했다고 한다.

언젠가 만정과의 대담에서도 미당未堂 서정주 씨의 시를 즐겨 읽은 적이 있다고 했다. 그리고 영화는 아주 광이었고, 어떤 때는 앉은 자리에서 세 번까지 본 적도 있다고 했다. 소리로 입신해서 이것저것 공연을 하러 다니면서도 늘 공부 타령을 하니까, 한번은 어떤 선배 어른이 통신 강의록을 보라고 해서 그 강의록으로 고등학교 과정을 마쳤다고 한다.

아닌 게 아니라 글공부에 대한 김소희의 집념도 대단한 것 같았다. 다시 태어난다면 소리보다는 뭣 좀 써 보는 글공부를 택하겠다고도 했다. 이 같은 만정 김소희고 보면 확실히 그에게는 음악적 재분 외에 문학적 기질도 많았던 것 같다.

'될성부른 나무는 떡잎부터 안다'고, 만정은 타고난 재질에다 열성과 집념 또한 남다른 데가 있었다. 흥덕리 구석의 단발머리 순옥이가 당대의 여류 명창 김소희로 대성할 수 있었던 숨은 내력도 바로 여기에 있었다고 하겠다.

흔히 노력만 하면 성공할 수 있다고들 한다. 그러나 예인의 길이란 노력에 앞서 천부적 재능도 필수적이라고 하지 않을 수 없다. 이 양자를 겸비한 김소희도 이 사실은 강조한다. 숱한 제자들을 가르쳐 봤지만 소질이 없으면 영 늘지를 않고 또 소질 있는 아이치고 열심히 하는 놈 드물다고 한다. 이래저래 특출난 예술가란 백에 하나 나기도 어렵다고 털어놓은 적이 있다. 만인의 심금을 울리는 김소희 예술의 비결은 노력과 소질이 함께 조화를 이룬 데 있었음이 틀림없다.

영롱한 불빛 속에도 슬픈 전설이 서려 있듯이 뭇사람이 환호하는 예인의 길이라고 해서 한결같이 낭만적일 수만은 없다. 더욱이 파란만장한 역정을 걸어와야 했던 명창의 길에 있어서랴. 만정 김소희는 그 숱한 공연 과정에서의 우여곡절과 희로애락의 장면들을 이렇게 털어놓은 적이 있다.

"지금도 기억이 생생해요. 64년 동경 올림픽 때였는데 나는 그곳 교포들 앞에서 노래를 했는데 공연이 끝난 후 늙수그레한 할아버지가 다가오더니 내 손을 잡고 눈물을 흘리잖겠어요. 참으로 오랜만에 폐부를 찌르는 소리를 듣는다며 이화중선 이후 처음으로 긴소리다운 긴소리를 들어본다고 그럽디다. 그때 그 일이 감명 깊었던 것은 뭐 우쭐한 칭찬을 들어서가 아니라, 과연 한 인간의 마음을 그렇게 속속들이 감격시킬 수 있을까 하는 노래의 고마움에서였지요. 소리하는 보람을 새삼 느낄 것 같더군요. 물론 무대 공연을 치르다 보면 별의별 감격도 많았습니다. 창극단을 따라서 전국을 누비던 때의 일, 62년 파리 공연 이래 구주와 미주 순회 공연 등. 그런데 참 이상합디다. 우리나라에선 괄시받던 판소리가 말도 통하지 않는 외국에 가니까 그렇게 인기가 있습디다. 72년 봄 뉴욕 카네기홀에서 연주할 때 도중에 기립박수까지 받고는 얼마나 어리둥절했는지 몰라요."

이런 얘기들만 듣다 보면 명창의 길이란 화려한 동경의 대상일 것만 같으나 역시 영고榮枯가 반반임은 누구도 예외가 아닐 것이다. 이에 만정은 10여 년 넘게 전국을 누비며 창극을 하다 보니 어찌나 소리하기가 지겹던지 북만 봐도 소름이 끼치더라고 했고, 그밖의 갖가지 설움과 역겨운 사연이 얼마나 많았는지 모른다고 했다. 책이 돼도 몇 권은 된다고 했다.

한편 김소희의 인간적인 측면을 더듬어 보면 한마디로 깔끔하고 정갈한 성품의 예인藝人이다. 그녀 스스로 "성격이 차지요. 내성적이구. 그런데 나이가 들어가니까 성격이 변하데요"라고 실토할 만큼 그녀의 성격은 깔끔한 데가 있다.

그녀의 외모 역시 본인의 평대로 차분하고 단정하며 개성이 강하게 느껴지는 인상이다. 본인은 극구 못생겼다고 하지만 결코 미운 얼굴은 아니다. 곱다는 말보다는 인상적이라는 말이 걸맞으며, 무언가 이성 간에 느낌직한 매력이 연상되기도 하는 독특한 분위기도 풍긴다.

바로 이와 같은 김소희의 인상이 그대로 소리로 연결되어, 그토록 우리를 사로잡고 마는 그의 예술로 승화하고 있다고 해도 과히 잘못된 판단은 아닐 것이다. 확실히 그의 음악 속에는 그녀의 개성과 숱한 감성의 경륜이 배어난다. 옹골차고도 세련된 그의 성음 하나하나에는 눈꼴신 것을 못 참는 만정의 꼿꼿한 성품이 그대로 묻어나고 찰떡같이 끈끈한 서정으로 청중의 혼을 사로잡고 마는 그녀의 윤기 있는 소리결 속에는 굴곡 있는 인생 역정과 기구한 역사적 시대 상황이 그대로 반영되고 있음이 분명타고 하겠다.

옥색 모시 치마저고리와 옥비녀에 붉은 댕기로 단정히 빗어 넘긴 머리단장으로 차분히 무대에 나와 그가 좋아하는 '범파중류'나 '옥중가'를 부를 때의 그 기막힌 감동과 여운을 되새겨 보라. 그러면 이내 우리는 그 이지적이면서도 촉촉한 감성이 봇물처럼 흐르는 그의 예술 세계를 확인하고 이해할 수 있게 될 것이다.

확실히 김소희는 뛰어난 명창 중의 한 사람임에 틀림없다. 그녀의 개성이 그렇고 그녀의 음색이 그러하며 호소력 있는 악상의 표출 또한 그러하다. 그래서 그녀의 소리 앞에서는 누구나 단번에 하나가 된다. 시름을 잊고 걱정을 잊고 현실을 잊으며, 망아忘我의 세계, 피안彼岸의 세계, 몽환夢幻의 세계로 몰입되어 너와 내가 금세 하나가 된다. 모두가 하나 되어 마음껏 예술의 법열경法悅境을 유영遊泳하다가 문득 우리는 현실로 되돌아와서, 다시금 김소희 소리의 위대함을 확신하게 된다.

풍부한 감성과 음악성이 본질적으로 우수적인 성색과 어우러지며, 천변만화의 예술미는 물론 우리 시대의 서민적 애환을 대변해 온 만정 김소희는 분명 '일세기에 한 번쯤 나옴직한 명창'이자 우리 모두가 자랑스럽게 가슴속에 심어 둘 동시대의 보배이자 판소리 음악의 정화精華가 아닐 수 없다.

# 회심곡의 프리마돈나

★

**김영임 명창**

뿌리 없는 나무 없듯이 조상 없는 자손도 있을 수 없다. 오늘 우리의 존재는 조상 덕분이다. 그럼에도 우리는 조상의 은덕을 까맣게 잊고 살기 일쑤다. 전통적인 효도사상이 희미해지고 물질만능의 탐욕사회가 도래하면서 부모님의 망극한 은혜를 너나없이 잊고 사는 세상이 되었다.

하지만 오늘만 있는 찰나의 인생들이 아니기에 가끔은 내일도 생각해 보고, 인연의 인과율도 음미해 가며 부모님이라는 뿌리에 대한 막중한 연분도 재삼 되새겨 볼 필요가 있을 것이다. 어쩌면 일상적으로 느끼는 부모 자식 간의 관계는 예나 지금이나 크게 다르지 않음에 틀림없다.

자식은 마음으로는 부모를 공경하고 싶어한다. 그런데 삶의 일상속에서는 본심과는 달리 적지 않은 괴리가 생긴다. 그러니 옛 선인들의 시조처럼 영별永別 후에 남는 후회만이 되풀이되기 십상이다.

어버이 살아실제 섬기길 다하여라
지나간 후면 애닯다 어이하리
평생에 고쳐 못할 일이 이뿐인가 하노라.

전통음악 중에서 부모님의 은덕이나 효행에 관련한 악곡을 꼽으라면 단연 회심곡回心曲이 아닐 수 없다. 회심곡은 원래 불교 계통의 음악이었지만, 대중들이 쉽게 이해할 수 있도록 가사를 윤색하고 여기에 서도소리조 가락을 입혀서 노래하는 곡이다.

한때 조선일보사에서는 매년 5월 8일 어버이날에 어김없이 서울 세종문화회관에서 어버이들을 위한 국악대공연을 치러왔다. 이때 단골 메뉴로 편성되던 곡이 바로 회심곡이었으며, 그 회심곡은 으레 김영임 명창이 불렀다. 그만큼 경기민요의 김영임 명창은 회심곡의 대명사랄 만큼 회심곡의 절창이었으며 프리마돈나였다. 지금도 연세가 지긋한 분들의 뇌리 속에는 붉은 띠를 두른 하얀 가사袈裟에 고깔을 쓰고 꽹과리를 치며 낭랑한 성음으로 숙연하게 회심곡 한 자락을 불러제끼는 김 명창의 인상적인 모습이 한 폭의 정물화처럼 선명히 박혀있을 것이다.

회심곡의 가사에 스스로 감화가 되어서인지, 김영임 명창은 잘 알려진 효부다. 공연예술계에서 인기를 좀 얻으면 우쭐한 기분에 알게 모르게 자만심이 앞서며 주변을 얕보는 경향이 있는데, 김 명창은 그 같은 세태와는 아예 거리가 멀다. 그 바쁜 일정과 화려한 무대생활 속에서도 시부모님을 비롯한 친척분들과 주위 사람들을 정성껏 보살핀다는 소문이 자자하다.

나와의 인연도 얕지 않아서 내가 치러 오는 현충일 추모음악회에 헌신적으로 출연한 적이 한두 번이 아니며, 덕소 이미시문화서원에 내외분이 들러 담소를 나누며 그가 좋아하는 능이버섯탕을 함께 즐긴 적도 꽤 있다.

예부터 효도는 백행지본百行之本, 즉 모든 인간행위의 토대요 근본이라고 했다. 효심孝心 없이 성실한 사람 없고, 효도하는데 남에게 지탄받는 사람 없다. 효도는 곧 일종의 수기修己다. 효를 통해서 사람 됨됨이를 닦았는데 지탄받을 일을 할 리가 만무하다. 그러고 보면 효도란 과거의 유물이 아니라 오늘날에도 긴요하기 짝이 없는 현재진행형이다.

사실인지 아닌지 여기 김영임 명창의 회심곡 일부를 조용히 음미하며 생각의 기회를 가져보는 것도 좋을 성싶다.

> 일심一心으로 정념精念 아하아미로다 보호옹오…
>
> 억조창생億兆蒼生은 다 만민시주萬民施主님네 이내 말삼을 들어보소, 인간세상人間世上에 다 나온 은덕恩德을랑 남녀노소男女老少가 잊지를 마소, 건명전乾命前에 법화法華도 경經이로구나, 곤명전坤命前에도 은중경恩重經이로다.
>
> 우리 부모 날 비실 제 백일정성百日精誠이며 산천기도山川祈禱라 명산대찰名山大刹을 다니시며 온갖 정성精誠을 다 드리시니 힘든 남기 꺾어지며 공功든 탑塔이 무너지랴. 지성至誠이면 감천感天이라 부모님전의 복福을 빌고 칠성七星님전 명命을 빌어 열달배설한 후 이 세상에

생겨나니 우리 부모 날 기를제 겨울이면 추울세라 여름이면 더울세라 천금千金 주어 만금萬金 주어 나를 곱게 길렀건만, 어려서는 철을 몰라 부모 은공을 갚을소냐, 다섯하니 열이로다. 열의 다섯 대장부라 인간칠십 고래희古來稀요 팔십 장년長年 구십 춘광春光 백살을 산다 해도 달로 더불어 논論하며는 일천一千하고 이백二百달에 날로 더불어 논論하며는 삼만육천일三萬六千日에 병든 날과 잠든 날이며 걱정근심 다 제除하면 단사십單四十을 못 사는 인생人生 어느 하가何暇 부모 은공 갚을소냐. 청춘青春 가고 백발 오니 애닯고도 슬프도다, 인간공로人間空老 뉘가 능히 막아내며 춘초연년록春草年年綠이나 왕손王孫은 귀불귀歸不歸라 초로草露 같은 우리 인생 한번 아차 돌아가면 다시 오기 어려워라….

김영임은 아침 햇살처럼 밝고 가을하늘처럼 청아한 성색과, 춘설이 잦아진 냇가의 버들개지처럼 삽상颯爽하고 유연柔軟한 창법으로 만인의 심금을 공명시키는 대표적 스타 가객이다. 특히 그녀는 한국 전통문화의 좋은 덕목의 하나인 효도를 몸소 수범해 가는 자상하고 사려 깊은 여인으로 널리 칭송되기도 하는데, 효행을 주제로 한 '회심곡'이 바로 그녀의 대표적인 인기곡이라는 사실 또한 결코 우연이 아니라고 하겠다.

# 월하의 음악 세계가 그립다

**김월하 가객**

월하月荷 선생이 타계하신 지 벌써 20년이 흘렀단다.

세월이 빠르다는 말은 누구나 입버릇처럼 흘리지만, 월하 선생을 영별한 지도 이미 아득한 옛일이 되었다니, 정말 세월의 무상함을 지울 수가 없다.

월하의 음악 세계를 떠올리자니 문득 교목지가喬木之家의 고색창연한 고택의 잔상殘像이 떠오른다.

고즈넉한 야산 밑에 중후하게 자리 잡은 선비댁의 와가瓦家. 넓은 대청이 있고 주렴이 처져 있고, 뜨락엔 봉선화며 백일홍 꽃밭이 있고, 마당가 한 자락엔 아담한 연지蓮池가 푸른 창공을 품고 있는 전형적인 대갓집 고택.

틀림없는 말이다. 월하 음악의 진수는 바로 지난날 선비댁의 고택문화에서 발효되고 빚어진 음악임이 분명하다. 그렇듯 월하의 음악 속엔 지난 세월 우리네 선비문화의 원형질이 고스란히 스며 있다.

학처럼 고고하고 수정처럼 해맑고 백합처럼 단아하고 청초했다. 그런가 하면 그 속엔 좀해서 범접할 수 없는 위엄이 있고 격조가 있었으며, 예술의 진경을 흠뻑 느끼게 하는 풍격風格이 있었다.

오호라, 월하 선생 가신 지 20개 성상을 맞아 가슴 한구석이 허전함은 어인 일인가? 짐작하듯 이제는 또다시 천년고택의 정취가 배어나는 고아高雅한 월하의 정가를 만나볼 수 없기 때문이다.

시대가 가면 인걸도 가고 문명도 바뀌는 것이 우리네 삶의 실상이지만, 그래도 월하 없는 오늘의 정가계正歌界는 연지에 연꽃도 없고 기왓장도 낡아 버린 퇴락한 대갓집의 고가古家를 접하듯 소슬한 마음 떨칠 수 없음이 사실임을 어찌하랴!

월하 선생 서거 20주년을 맞아 그분이 부른 '황학루' 시 한 수 들으며, 그분만이 고고하게 걸어간 참다운 예인의 길을 재삼 반추하고 존경하며 추모의 옷깃을 여민다.

# 천진무구한 가섭의 염화미소

★

**김천흥 선생**

지난 한 세기 우리 현대사는 말 그대로 파란만장한 격동의 세월이었다. 굵직한 사건만 돌아봐도, 한일합병과 3 · 1독립운동, 해방과 정부수립, 6 · 25전란과 남북분단, 4 · 19혁명과 5 · 16군사정권, 광주민주화운동과 88서울올림픽 등 그야말로 숨가쁘게 휘몰아쳐 간 격랑의 시대였다.

사회 풍조나 가치관 역시 상전벽해로 환골탈태돼 갔다. 전통적인 농본사회가 급격한 산업사회로 바뀌어 가고, 서정적인 농촌문화는 삭막한 도회적 일상성으로 환치됐으며, 인륜에 바탕을 둔 유교적 가치관은 자본주의적 물질만능의 풍토로 뒤바뀌어 갔다.

이 같은 격변의 소용돌이 속에서 동시대인들은 합당한 대안 없이 표류하며 삶에 대한 힘겨운 갈등과 회의에 빠지기 일쑤였으며, 물질적 풍요와 반비례하는 행복지수를 힘겹게 떠메고 살아야 했다.

바로 이 같은 시대 배경이 심소心韶 김천흥金千興 선생 무악예술舞樂

藝術과 인생 역정의 무대이자 토양이다. 결코 태평연월의 호시절이 아니었다. 많은 사람들이 뚜렷한 가치관을 공유하지 못한 채 방황하고 고뇌하고 체념하는 시절이었다. 이런 세태 속에서 심소 선생은 소극적으로 '사의 찬미' 같은 엘레지나 부르고 있지 않았다. 해금으로 무용으로, 아니 생불生佛 같은 자애로운 미소로 시대의 병통을 위무하며 구원해 왔다. 같은 시대를 동행한 많은 민초들이 심소의 청아한 가락에 시름을 잊었고, 단아하고 정갈한 심소의 춤사위에 너나없이 동고동락의 희열을 나눴으며, 세사의 달관으로 빚어진 심소의 온유한 미소에는 강퍅剛愎한 세상도 금세 생기를 띠며 봄볕처럼 화사하게 밝아지곤 했다.

시는 생각을 표현한 것이고[詩言志], 노래는 말로 표현한 생각을 길게 읊는 것[歌永言]이라고 했다. 하지만 사람의 생각이나 정서를 언어나 노래로 표현하는 데는 한계가 있다. 이 같은 한계상황에서 인간이 취할 수 있는 대안은 무엇일까? 바로 수지무지 족지도지手之舞之 足之蹈之의 몸짓이다. 어설픈 췌언贅言을 버리고 무궁한 침묵의 세계로 넘어가는 것이다.

무용의 세계, 곧 침묵의 세계는 상호 소통의 궁극적 묘책이자 대도大道이며 지고한 예술의 경지다. 염화미소拈華微笑의 경우처럼, 백 마디 설명이 필요 없다. 눈빛 하나 몸짓 한 동작으로도 만물을 수렴하며 천하를 설파해 낼 수가 있는 것이다.

이제사 돌이켜보니, 심소 선생의 해금은 음악이 아니었고 심소 선생의 춘앵전은 무용이 아니었다. 음악이되 음악이 아니고 무용이되 무용이 아닌 그 너머의 세계, 곧 심소의 인생이며 우주관이자 철학이었다. 그리고 이 모든 것이 달관의 체로 걸러지고 정제되어 순수무구한 동심의 세계로 응축된 화룡점정의 원형질이 곧 심소 선생의 미소 세계다. 분명 심소의 미소는 심소 예술의 이데아이자 메타포가 아닐 수 없다. 가섭迦葉 같은 지혜로운 후학들이 있어, 정재무악의 진수인 심소 미소의 정체와 미학 세계를 온전히 풀어내고 널리 펼쳐갈 수 있으면 우리네 삶은 한층 풍성한 살맛으로 싱그러워질 것이다.

'손만 들어도 흥이다. 발만 옮겨도 멋이다.' 심소 선생은 그렇게 무애無碍의 춤으로 풍진세상을 어루만져 주셨다. '눈빛만 닿아도 자애롭다. 표정만 보아도 화평하다.' 심소 선생은 그렇게 천진무구한 자비심으로 곤고한 중생을 보듬어 주셨다.

이제 심소 선생은 이승의 소풍을 마치고 아득한 피안으로 떠나셨다. 하지만 심소의 사뿐한 춤사위와 동심의 미소는 파란 창공의 흰구름밭에 보허步虛의 춤으로 새겨져 청사靑史에 길이 빛나고 있다.

## 은진 미륵불 같은 자애로운 소안笑顔

세월의 속도는 사람 따라 상대적인 게 맞는 것 같다. 인생 고래희라던 기로耆老의 구간을 넘어서니 젊은 날의 속도감보다도 더 빨리 황혼녘으로 가속이 붙는 걸 봐도 그렇고, 더구나 심소 김천흥 선생이 세상을 하직하신 지가 벌써 5년이 흘렀다는 사실 앞에 서고 보니 정녕 늙은 세대가 감응하는 세월은 백마과극白馬過隙처럼 훨씬 더 빠른 것만 같다.

심소 선생을 회상할 때마다 나는 으레 연상하는 선명한 심상心象이 있다. 바로 절대 자유인으로 서라벌 거리를 기인처럼 누비며 살다간 신라의 고승 원효와 그의 무애무無碍舞가 곧 그것이다.

신라의 원효가 종교적 해탈로 무애무를 추었다면, 20세기 한국의 심소는 영락없이 예술적 달관으로 절대 자유의 경지인 무애의 정재무를 추었다고 하겠다. 그만큼 그의 춤은 물 흐르듯, 춤이되 춤사위를 뛰어넘는 무위자연의 예술적 진경眞景이 펼쳐지고 있었다.

심소의 춤에 인위人爲가 없듯이 심소의 언행이나 섭세涉世 역시 상선약수上善若水같은 순리와 지혜와 노숙老熟이 자연스레 배어나고 있었다. 한마디로 예술의 궁극적 이상이랄 지예至藝의 경지에서 노니는 유어예遊於藝의 세계가 곧 심소의 생애요 삶이며, '심소무心韶舞'의 본질이자 미학이라고 하겠다.

내가 국립국악원장으로 있을 때였다. 어느 날 원로 사범으로 계시던 심소 선생이 원장방을 찾아오셨다. 아마도 국악원 뜰에 있는 국악계 명인들의 동상을 옥내로 옮겨서 안치하면 좋겠다는 제의를 하신 걸로 기억한다. 아무튼 당시 상황으로는 어렵다고 말씀드렸다. 그때 심소 선생은 섭섭한 표정은커녕 오히려 활달하게 웃으시며 내가 민망해하지 않도록 선선하고도 자상한 어투로 위무의 여운을 남기며 방을 나가셨다.

짧은 독대에서 스친 소회이지만, 기실 아무나 쉽게 되는 일이 아니다. 천부적인 낙천성에 호쾌한 호연지기와 세상살이의 속 깊은 달통을 거치지 않고는 흉내 낼 수 없는 종심소욕불유구從心所慾不踰矩의 화통한 경지임을 그때 강렬하게 느꼈던 기억이 지금도 새롭다.

심소 선생은 평생 어린이셨다. 품성도 용모도 마치 동화 속의 선동仙童처럼 천진무구한 동심의 어린이셨다. 기예와 명성이 한 시대를 풍미했어도, 여느 소인들처럼 쓸데없는 허세나 거드름은 아예 발붙일 틈새가 없었다. 천성이 요산요수樂山樂水하며 세속의 속박을 초탈했으니 세상 공명인들 연연할 리 만무하셨다. 그러니 그분의 행적은 행운유수行雲流水와 같을 수밖에 없었고, 말년의 주름진 노안에서처럼 항상 자애로운 미소와 화평한 용색이 평생 떠날 리가 없었던 것이다.

진정으로 한때 우리는 심소 선생이 계셔서 따뜻했었다. 행복했었다. 5주기를 맞아 후학들이 선생을 더욱 그리워하는 속정도 이와 멀지 않은 연유에서일게다. 세상살이 살맛나게 해 주시던 심소 선생의 인자한 용안을 떠올리며, 선생의 방일영국악상 수상을 축하했던 졸작 시구의 일부를 다시 한번 음미하며 추모의 절절함을 공유해 본다.

늦가을 황톳빛 낙엽따라
툇마루 봉당에 내린 햇살보다
따스하다 그 표정

향교 마을 기와지붕 끝
창공에 헤엄치는 물고기 풍경보다
청징淸澄하다 그 심성

은진미륵불의 귓밥보다도

석굴암 보살님의 눈빛보다도

인자하구나 다정하구나, 그 웃음이

(중략)

방일영국악대상 동짓달 열여드레

심소心韶 선생 다시 한번

눈들어 웃으신다, 가락을 고르신다 춤을 추신다

구름 휘장 사이로 햇님 방실 웃으시듯

'내가 무슨 상을 받아, 더더구나 큰 상을'

티없는 파안대소 함박 같은 너털웃음에

너와 내가 행복하구나

세상 살맛 솟는구나

인생살이 더도 덜도 말고 심소 선생

웃음만 같아여라

웃음만 닮아지여라.

# 둥둥 북을 울리면 신명이 솟는다

★

**김청만 명인**

둥둥 북을 울리면 만인의 심장이 뛴다. 둥둥 북을 울리면 죽은 고목에도 물이 흐른다. 그래서 북소리는 생명의 근원이요 환희의 원천이다. 덩덩 북을 울리면 산하가 울린다. 덩덩 북을 울리면 동토凍土의 대지에도 새싹이 돋는다. 그래서 북소리는 생명의 씨앗이자 삶의 묘포다. 우레와 번개로 지축을 울린다는 고지이뇌정鼓之以雷霆이란 말이 예부터 쓰여 온 이유는 그래서였을 것이다. 해와 달이 대지를 분기시키고, 천둥과 번개로 둥둥 북을 울려 대지를 일깨우면, 모든 삼라만상이 고르게 화육化育 되어 화평한 천지를 이루어 낸다는 언설이 곧 그것이다.

아무튼 음악의 원천이기도 한 리듬의 향연을 맛보게 할 '새울전통타악진흥회'의 세 번째 공연무대는 미리부터 우리 심장을 고동케 한다. 이번 공연이 가뭄에 단비처럼 간절히 기다려지는 이유는 두 가지 사연으로 압축된다.

첫째는 저간의 우리네 주변이 너무도 무기력해져 있다는 사실이다. 정치도 경제도 사회도 온통 심란하기 그지없다. 의욕보다는 체념이, 전향적인 비전보다는 퇴영적인 좌절이 팽배한 세태다. 시들어가는 공동체에 열심히 펌프질을 하고, 무기력한 풍조를 분연히 일깨우기 위해서 혼신의 기력으로 북을 울려야 한다. 바로 이 같은 시의時宜에 발맞춘 북들의 큰 잔치이기에 그 의의가 한결 선명해진다.

둘째는 현역 전통 타악계의 큰 봉우리인 일통一通 김청만金清滿 명고가 이끄는 연주 그룹의 음악적 기량에 대한 기대와 신뢰가 그것이다. 김청만 명인은 방송으로 무대로 가장 활발한 연주활동을 펼쳐가는 현역 원로다. 뿐만 아니라 그의 타악 음악의 매력은 분명 남다른 데가 있다. 숙련된 기교와 농익은 정서가 용융되어 빚어내는 정교한 장단의 멋과 여운은 만인의 가슴에 진한 공명을 울리기에 족하다. 이 같은 뛰어난 명고의 예술적 감각으로 구성한 정기연주회이니 의당 큰 관심과 기대를 앞세우지 않을 수 없는 터다.

이번 무대에서는 창작곡 '점點'과 '진혼鎭魂'과 '운곡雲谷Ⅳ'와 같은 새로운 음악을 선보임으로써 음악회의 품격을 한층 고양시켰는데, 늘 정진하고 모색하는 예술인들의 깨어 있는 의식을 보는 듯싶어 더욱 신뢰가 가는 음악회라고 하겠다. 이번 공연이 청중들에게는 삶의 활력을 충전하는 기회로, 주최 단체에게는 한층 음악적 내실을 다지는 전기가 되기를 고대하며 뜨거운 갈채를 보낸다.

# 경기민요의 외연을 넓혀 가는 열정

★

**김혜란 명창**

흔히 우리는 저만큼 어제의 삶을 한층 정겨웠다고 여긴다. 한층 미덥고 끈끈하고 신명났었다고 여긴다. 왜서일까. 단지 지난날에 대한 복고적 향수 때문일까? 분명 그것만이 아닐 것이다. 어쩌면 그것은 우리네 정서의 분신이랄 민요가 있었기 때문일 것이다.

민요가 그저 대수롭지 않은 노랫가락의 일부였다고? 천만의 말씀이다. 그것은 곧 우리의 가슴이었고, 한국인의 희로애락을 뭉뚱그려 발효시킨 삶의 앙금이요 진액이었다. 민요가 있어 가난은 여유로 환치되고 고난은 달관으로 승화되었으며, 설움도 낙이 되고 비탄도 흥이 되지 않았던가. 그러고 보면 민요야말로 어제의 우리네 감정생활의 축도요 정화요 온갖 사연이 숨어 있는 삶의 퇴적층이 아닐 수 없다.

이처럼 소중한 우리 민요가 근래로 오면서 삶의 현장에서 멀어지고 있다. 물론 세상이 다기화되고 생활 양상이 급변한 탓도 있다. 하지만 변화무쌍한 인류 역사 속에서도 민요는 늘 맥을 이어 애창돼 왔다. 그러고 보면 민요가 빛을 바래가는 이유는 딱히 시대의 변천 때문만이 아님을 알 수 있다. 문제는 민요에 대한 우리의 관심과 애정이라고 하겠다.

직업적 전문가인 점 때문이기도 하겠지만, 여기 유난히 민요에 애정을 쏟고, 남달리 민요의 창달에 열과 성을 쏟고 있는 원로가 있다. 경기민요의 김혜란 명창이 곧 그분이다. 김 명창의 활동을 눈여겨보면, 그는 결코 노래하고 가르치고 공연하는 데 안주하지 않는다. 뜻있는 동료나 후학들과 함께 늘 새로운 것을 모색해 간다. 어쩌면 민요의 현대적 위상과 기능을 십분 꿰뚫고 있음에 틀림없다. 앞서 언급했듯이 시대는 많이 바뀌었다. 민요가 지닌 어제의 장점만을 고집하기에는 세상의 취향도 크게 변했다. 김 명창은 바로 그 점을 절감하고 있다. 그래서 그는 어제의 감성, 어제의 관행에만 머무르려 하지 않는다. 어제를 바탕으로 새로움을 지향하려는 지혜를 앞세운다.

그 좋은 예가 경기소리를 바탕으로 한 새로운 공연 양식의 모색이다. 김 명창은 수년 전부터 경기소리의 토리를 활용한 새로운 형식의 소리극을 무대에 올려오고 있다. 경기소리의 시대적 변신과 중흥을 겨냥한 속깊은 시도다. 소리극 '배따라기' 공연이 곧 그 예다.

이 작품은 주변의 관심도 컸고, 민요의 상투적인 공연에 참신한 맛을 던져 주기도 했다. 한마디로 이분들의 새로운 시도와 열정이 아름답다. 역경 속에서도 우리 음악의 새 지평을 열어가는 매운 의지가 아름답다. 좋은 작품을 위해 고생하는 대본가, 연출가, 출연자 모든 분의 헌신이 고맙다. 나도 경기소리의 참신한 변화와 창달을 고대하기 때문에.

# 경기민요의 품격을 한 단계 끌어올린 주인공

★

**묵계월 명창**

바야흐로 소리의 홍수 속에서 살아가는 세태가 되었다. 라디오에 텔레비전에 CD에, 심지어 휴대전화에 이르기까지 소리의 진원지도 가지가지, 쏟아내는 소리의 종류 또한 천태만상이다. 여기에 갖가지 생활 소음까지 불어나는 세상이고 보면 기실 우리는 소리의 홍수 속을 헤엄치며 살아가는 처지가 되었다고 하겠다. 홍수나 해일 때는 평상적인 모습이 훼손될 수 있듯이, 지나친 소리의 홍수 역시 유구한 세월을 관성처럼 흘러오는 전통적 소리 문화의 정체성을 왜곡시킬 수 있다.

소리 세계가 소란스러울수록 우리는 참소리, 좋은 소리를 선택하는 지혜와 의지가 필요하다. 우리 심성을 선하게 가꿔 가는 안이락安以樂한 음악을 생활화하고, 사회 분위기를 화평하게 북돋아 주는 이풍역속移風易俗의 치세지음治世之音을 선양해 가려는 일련의 시대적 선각이 곧 그것이라고 하겠다.

자고로 예악禮樂과 형정刑政을 하나의 지평으로 인식하여 치정治政의 근본으로 삼았던 예는, 결코 정치적 수사나 맹목적 인습의 유풍遺風만 은 아니었다. 표피적 껍질을 하나하나 벗겨 들어가다 보면, 결국 천하를 고르고 화목하게 다스리는 핵심적 근원은 우주와 더불어 섭리를 함께하고 있다는[與天地同和] '좋은 음악'으로 뿌리가 맞닿아 있음을 선대들도 이미 오랜 경륜을 통해 익히 터득하고 있었기 때문이다.

아무튼, 통시적인 역사관을 앞세워 우리의 좋은 소리를 지켜가는 데 든든한 버팀목이 되어 온 '방일영국악상'은 올해로 열한 번째다. 상의 체질과 개성이 선연히 드러나고, 권위와 영향력이 튼실하게 자리 잡아갈 만한 연륜이 쌓인 세월임에 틀림없다.

그 방일영국악상 제11회 수상자로 경기민요의 원로 명창 묵계월 선생이 선정되었다. 심사과정에서 국악계의 각 장르별 후보에 대한 검토도 있었고, 세대별 편차도 논의되었었으며, 전문성과 대중성 등 여러 가지 준거들이 거론되기도 했다. 이 같은 토론을 거친 뒤 결론에 이르러서는 묵계월 명창을 수상자로 추대하는 데 심사위원 전원이 흡족히 동의하고 공감했다.

묵계월 명창은 경기민요의 법통을 지켜 내린 마지막 원로 명창 중 한 분이라는 점이었다. 특히 지난 세기 주객전도적 음악 풍토 속에서 민초들의 정서를 대변해 온 경기민요의 맥과 얼을 의연하게 지켜가며 시대적 소임을 다해 온 선생의 공로는 크게 상찬되어 마땅하다는 의견들이었다.

또한 묵계월 선생의 독특한 음악적 색깔 역시 높이 샀다. 지난날 경기지방 사람들의 성정을 경중미인鏡中美人이라고 일컬었듯이, 경기민요의 음색은 거울처럼 맑고 청초한 게 특색이다. 여기 맑음의 특성은 경쾌하고 단아한 맛을 남겨주기도 하지만, 차고 이지적인 여운을 드리우기도 한다.

그런데 묵계월 선생의 성음에는 천부적으로 따뜻하고 구수한 뒷맛이 있어서, 경기민요를 한층 대중들의 가슴속으로 파고 들게 하는 매력이 있다. 한마디로 경기민요의 품격을 낙이불류樂而不流하면서도 속멋이 넘쳐나도록 한 단계 끌어올린 분이라는 결론이었다.

# 국악교육에 헌신한 선견지명

★

### 박귀희 명창

향사 박귀희 선생은 가야고 병창의 명인이요 명창으로 일세를 풍미한 분이다. 오태석을 중심으로 싹이 돋던 가야고 병창을 더욱 가꾸고 보듬어서 어엿한 전통음악의 한 장르로 반석 위에 올린 분이 곧 박귀희 선생이다.

헌신적으로 가꿔 온 병창 음악이 튼실하게 자리를 잡아가자 향사 선생은 촌각을 아껴야 할 만큼 분주했다. 라디오와 텔레비전 출연, 혹은 일반 무대공연으로 동분서주하며 독보적인 명창 생활로 쉴 틈이 없었다. 이 같은 치열한 연주 생활 때문에 당연한 귀결이겠지만, 일반인들에게 비친 향사의 이미지는 아름다운 한복의 섬섬옥수로 가야고 병창을 하는 순수한 예인의 상으로만 각인되어 있기 일쑤였다.

하지만 향사의 시대적 진면목은 무대예술적인 인기나 인상에만 있지 않다. 어쩌면 그분의 국악사적 공적이라면 대중적 외형에 있지 않고 시대를 꿰뚫어 본 내면적 역사관에 자리하고 있다고 해도 과언이 아니다. 국악교육의 문제에 심혈을 기울인 향사의 개척자적인 선견지명이 곧 그것이다.

광복 이후에 민족의 앞날과 국가 장래를 생각했던 우국지사나 선지자들이 교육문제에 집착했듯이, 향사 선생은 일찍이 국악교육 문제에 깊은 뜻을 두었다. 서구 문명의 밀물 속에서 국악을 살려내고 민족 고래의 정서를 지켜내는 일은 교육밖에 없다는 투철한 철학을 신조로 삼고 몸소 궁행한 분이 다름 아닌 향사 선생이다.

1950년대 말엽부터 선생은 국악교육기관의 설립을 추진하는 중심부에 섰다. 내부적으로는 당시 민속악계의 어른이었던 박헌봉 선생, 또한 순망치한脣亡齒寒의 지기였던 김소희 명창으로 팀을 이루고, 외부적으로는 김은호 화백을 비롯한 이병각, 문용희 등 각계 명사들의 적극적인 협조를 이끌어 내며 국악학교 설립에 매진했다. 향사 특유의 추진력과 친화력과 결단성은 급기야 국악예술학교의 개창을 이뤄 내는 중심 역할을 하기에 안성맞춤이었던 것이다.

남산 위 허름한 건물에서 출발한 국악예술학교는 실개천이 흘러서 장강을 이루듯, 이제는 국립국악중고등학교와 더불어 한국 국악교육계의 큰 갈래를 담당해 가는 양대 산맥의 하나로 자리매김되고 있다. 박범훈 교수가 이사장으로 있고, 홍윤식 박사가 교장으로 이끌어 가고 있는 오늘의 국악예술중고등학교가 바로 그것이다.

향사 박귀희 선생의 역사적 평가는 이 같은 사실 하나만으로도 충분하다. 여느 예술가들은 무대 활동과 대중적 인기에 매몰되고 자족한 반면, 향사 선생은 예술 활동과 더불어 교육의 중요성을 선각하고 그 씨앗을 몸소 뿌리고 가꿔 냈다. 향사의 남다른 위대성은 바로 이같이 남들이 의식하지 못하는 사이에 남보다 앞서 시대를 읽고 자신의 비전과 신념을 단호하게 실천해 온 점이라고 하겠다.

# 끈기와 집념의 화신

★

**박동진 명창**

'드는 정은 몰라도 나는 정은 안다'는 속담이 있다. 우리네 사는 일상이 그러하듯 함께 지낼 때는 무덤덤하다가도 떠나고 나면 새삼 빈자리가 커보이고 생전의 소임이 막중했음을 절감하게 된다.

박동진 명창의 2주기를 맞는 자리가 꼭 이와 같다. 평범했던 자리도 비고 나면 허전커늘, 하물며 한 시대의 대중적 우상이었던 박 명창의 위치였고 보면, 오늘 고인의 빈자리를 두고 느끼는 남은 자들의 정회는 만감이 교차하며 통절한 아쉬움과 그리움을 가눌 길이 없을 것이다.

박동진 명창은 소리의 달인이었다. 그러나 나는 고인을 소리 외의 측면에서 더 높이 평가한다. 바로 그의 정신세계다. 소성에 도취되어 부화뇌동하는 얼빠진 대가들이 득실대는 세태 속에서, 그는 올곧고 강인한 예인 정신으로 평생을 일관했다. 군계일학의 명성에도 불구하고 그처럼 한결같이, 그처럼 집요하게, 그처럼 근면하게 평생을 소리 공부에 독공을 쏟은 명창은 아마도 판소리사에 전무후무할 것이다.

말년의 국립국악원 시절, 팔십 대 고령에도 고인은 엄동설한이나 삼복더위를 막론하고 한결같이 골방에서 소리 연습에 골몰했다. 늦은 출근에도 지각을 하는 단원이 있는 풍토 속에서도 고인은 아침 7시면 출두하여 연습하고 다시 귀가했다가 출근하곤 했다.

어느 핸가 고인은 담낭 제거 수술을 받았다. 예정된 지방공연을 극구 만류했지만, 박 명창은 굳이 링거를 맞아가며 합류했다. 과연 오늘날 우리 주변에 흔하디 흔한 명인 명창들, 과연 이 같은 투철한 예인 정신과 책임의식을 갖춘 이들이 많을까? 아니 있을까 없을까?

아무튼 고인은 노래로 한 시대를 풍미하고 우리를 감동시켰다. 뿐만 아니라 특유의 익살과 풍류적 여유로움으로 각박한 세상살이에 살맛을 불어넣었다. 어디 그뿐이랴. 더 크게는 투철한 예인정신은 후학의 사표가 되었고, 근검한 생활신조는 천민자본주의에 물든 속물들에게 따끔한 죽비가 되었다.

음악으로, 예술가 정신으로, 검박儉朴한 삶으로 한 시대의 귀감이 되었던 박동진 명창의 오늘의 빈자리에는 그래서 큰 별을 잃은 상실감과 함께, 그분에 대한 사모와 존경의 정념情念들이 밀물처럼 고여들고 있는 것이리라.

## 한 시대를 풍미한 구수하고 소탈한 예인

짧은 지면으로 박동진의 음악 세계를 설명한다는 것은 어림도 없는 일이다. 그만큼 그의 음악 세계는 넓고 깊다. 특히 그의 판소리 음악을 정확히 이해하기 위해서는 순수음악적인 측면 말고도 그의 입지전적인 인생 역정을 이해해야 하고, 철두철미한 삶의 소신과 의지를 이해해야 하며, 그가 처했던 20세기 후반의 한국적 시대상을 감안해야겠기 때문이다.

한 시대를 풍미하는 명창이기에 그에 관해서는 할 얘기도 많고, 각자 기준에 따라서 강조되는 내용도 다양할 것이다. 그러나 나는 명창 박동진 하면 우선 이런 이미지가 머리를 스쳐간다.

그는 누가 뭐래도 판소리계의 스타라는 점이다. 여기 스타라는 말은 소리 기량도 군계일학으로 뛰어남을 뜻하지만, 그와 동시에 스타적인 끼가 있음도 함축된 말이다. 박동진은 소리도 잘한다. 또한 그에 못지 않게 그는 청중을 매료시키는 능력도 지니고 있다. 스타적인 기지와 해학과 완숙미 없이는 불가능한 그만의 장기다.

사실 박동진의 판소리음악에서 스타적인 매력이 배제되었다면 모르긴 해도 한국의 판소리음악은 판도가 달라졌을 것이다. 우선 판소리는 구성진 소리 위주의 고답적인 무대로 치달으며, 판소리 본연의 종합적인 예술성은 상당히 퇴색되었을 것이다. 한마디로 판소리의 구수한 재미는 되살릴 길이 없었을 것이다.

그러고 보니 새삼스레 그의 판소리 무대가 고맙게만 여겨진다. 지리멸렬하던 판소리계에 활력을 불어넣고 생기를 되찾게 해 준 이가 곧 그이기 때문이다. 기실 박동진의 활약이 아니었다면 판소리가 이처럼 괄목할 만큼 대중들의 아낌을 받을 수가 없었음에 분명하다.

전통예술을 모르는 것이 오히려 교양인인 양 처세하던 시절에 전통예술의 진미를 번뜻번뜻 일깨워 주던 이가 곧 박동진 명창이다. 소리를 모르는 사람에게는 입담과 재담으로 끌어들이고, 공연을 접해 보지 못한 이들을 위해서는 불원천리 마다않고 찾아다니며 소리로 익살로 뚝심으로 판소리의 진수를 터득시켜 왔다. 이처럼 쇠잔해 가는 판소리를 회생시킨 주역이 곧 박동진이다. 이것만으로도 그는 20세기 후반의 우뚝 솟은 스타요, 명창이요, 한국 음악사의 공훈자다.

한편 그에게는 명창 이전의 인간 박동진으로서의 숙연함을 느낀다. 예술을 향한 그의 불굴의 집념과 초인적 정진 때문이다. 그가 범인으로서는 도저히 실천할 수 없는 뛰어난 노력가라는 사실은 널리 알려져 있다. 소성에 자족하며 대성에 이르지 못하는 철부지들이 많은 세상에 그의 진지한 삶의 자세는 많은 예술인들에게 하나의 경종이 아닐 수 없다. 바로 이 점에서도 박동진 명창은 국악계의 훌륭한 사표요 선구자다.

박 명창은 마음씨 착한 이웃집 아저씨 같은 체취를 풍긴다. 흔히 인기와 명성을 누리는 인물들이 지니기 일쑤인 자만이나 오만 같은 흔적은 티끌만큼도 없다. 언제나 편안하고 온화하고 겸손한 분위기를 지니고 있다. 그래서 그에게는 이 시대가 그토록 갈구하는 따듯한 인간미가 물씬 느껴진다. 얼마나 우리 이웃과 사회가 그로 하여금 포근해지고 정스러워지는가. 지극히 인간적인 한 예인의 정서적 감화에 우리는 고마울 뿐이다. 음악가적 예도와 인간적 감동을 겸비한 박동진 명창과 함께한 오늘의 동시대인들은 그래서 행복하다.

# 국립국악관현악단을 창단해 내는 능력과 수완

★

**박범훈 교수**

무릇 예술 활동에 정답은 없다. 얼핏 옳은 말이다. 그러나 시대마다 지향하려는 좌표는 있었다. 그것을 시대적 풍조래도 경향이래도 추세래도 공감대래도 좋다. 아무튼 대다수가 승복하는 목표는 있었다.

그런데 여기 목표가 오리무중인 현안이 하나 있다. 나의 개인적 문제의식인지는 모르지만, 여하튼 이거다 하는 정답을 내놓을 수 없는 분야가 있다. 국악관현악의 문제가 곧 그것이다. 소위 '전국국악관현악 축제' 라는 행사를 10여 년 끌고 오면서 늘 부닥치던 문제의식이 한둘이 아니지만 아직도 선명한 대안이 떠오르지 않는다. 중지를 모아 진지한 자기 점검을 해 볼 필요성을 절감하고 있을 뿐이다.

국악관현악단에 대한 긍정 반 회의 반의 저울추가 긍정 쪽으로 약간 이동한 계기는 곰곰 생각해 보니 국립국악관현악단의 탄생과 무관치 않은 듯하다. 국립국악관현악단의 활동을 통해 무언가 국악관현악의 태생적 한계를 극복할 실마리를 찾을 수 있을 것 같았기 때문이다.

무엇보다도 관현악의 음량 문제에 대한 가능성이었다. 익히 알듯이 전통음악의 앙상블은 방중악房中樂의 규모와 범주를 벗어나지 않았었다. 체질적으로 실내악적 원형질을 지니고 있는 것이다.

이 같은 전통에 코페르니쿠스적 격변이 닥쳤다. 서구 오케스트라적 환경을 수용할 수밖에 없는 여건이 곧 그것이었다. 전래의 앙상블은 이제 보료방석의 사랑방이 아닌 넓은 스테이지와 수백 수천 석의 관중 앞에서 연주를 해야 할 팔자가 되었다. 웃지도 울지도 못할 딜레마였다. 자연히 치기와 부조화가 드러날 수밖에 없었다.

가장 큰 문제가 음향이었다. 수수백년을 아담한 공간에서 자라온 음악을 갑자기 황야의 들판에 내세운 격이었으니, 그 넓은 공간을 충만시킬 음량이 문제가 아닐 수 없었다.

우선 무대에 서는 연주가 수를 확충하는 초보적 방법이 대안일 수밖에 없었다. 모든 악단이 그 길을 택했다. 하지만 그 같은 대안에는 한계가 있었다. 재정적 측면만이 아니라 음향학적으로도 임계점이 있기 때문이다. 여하간 유수한 악단들이 나름대로의 적정 규모로 인원 확충을 꾀하기도 했다. 하지만 흡족한 결실과는 거리가 있었다.

이런 진퇴유곡의 상황에서 국립국악관현악단은 원천적으로 소리를 만들어 내는 악기에 대한 반성으로 눈을 돌렸다. 소위 악기 개량 작업이 그것이었다. 물론 유사한 시도들이 간헐적으로 있어 왔지만, 오케스트라 사활의 문제로 인식하며 확고한 목적의식을 전제로 추진한 것은 국립국악관현악단의 선택이 효시가 아닐 수 없다.

이때 관현악적 문제 극복의 선봉에 섰던 사람이 박범훈 초대 지휘자다. 그는 비단 국립국악관현악단 제1대 지휘자만이 아니다. 아예 악단 창단을 위해 심혈을 쏟은 산파역이기도 했다. 창단의 주역이자 초대 지휘자였으니, 자신의 이상대로 악단의 개성과 색깔을 빚어 가기에는 더없이 좋은 기회였다. 이미 중앙국악관현악단의 창단과 운영에서 터득한 경험과 안목으로 신생 국립악단의 이미지를 참신하게 윤색해 가기에도 안성맞춤이었다.

같은 조건의 악단을 활용하더라도 박범훈의 작품 속에서는 괄목할 만한 음향 효과가 우러난다. 관현악 구성 악기들 하나하나의 구조와 기능과 장단점을 속속들이 꿰고 있기 때문이다. 실내악적 구조의 악기들을 보듬어 가면서 그만한 음향을 이끌어 내고 요리해 간다는 것은 가히 음향의 달인이 아닐 수 없다.

박범훈 특유의 음향 감각은 후발 관현악단의 위상을 단번에 굳건한 반석에 올려놓을 수 있었다. 더욱이 악기 개량을 통한 꾸준한 음량 확충 작업은 국립악단의 체질을 한층 튼실하게 가꿔 갈 수 있었으며, 그 같은 일련의 결실들이야말로 초대 지휘자 박범훈의 남다른 공로요 음악적 가치관의 특징이 아닐 수 없다.

한마디로 박범훈 교수는 참 다재다능한 인물이다. 다방면에 걸쳐서 능력과 수완을 발휘하고 있다. 탁월한 지휘자에 작곡가임은 물론 행정이나 경영에도 뛰어나다. 일개 국악인이 굴지의 대학인 중앙대학교 총장이 되는가 하면, 권부에도 발탁되어 청와대 교육문화수석이 되기도 했다. 남들이 뭐라고 입방아를 찧건 그를 아는 나는 모두가 그의 능력이 가져오는 필연적인 결과라고 믿는다.

대개 재주가 좀 있는 사람은 노력은 하지 않고 꾀부리기를 좋아한다. 이것이 보편적인 세태요 인지상정이기도 하다. 하지만 박범훈 교수는 이와는 딴판이다. 지독한 노력형인 데다가 바지런하기 짝이 없다. 지난 시절에는 거개가 그러했듯이, 박 교수 역시 가난한 역경 속에서 학창 시절을 보냈다. 요즘 말로 치면 흙수저 출신이다. 이런 경우 많은 사람들은 비관하거나 자포자기한다. 그런데 그는 오히려 오기를 키우며 분발했다. 그 같은 오기와 분발이 곧 훗날 그의 대성의 동력이 되고 자양분이 되었음은 불문가지의 사실이다.

작곡가 박범훈과 나는 이런 인연이 있다. 70년대 초의 일이다. 내가 중앙대에 출강하며 음악미학, 한국음개론 같은 음악이론을 강의할 때다. 서양 음악을 전공하는 학생들이기 때문에 한국 전통음악에는 관심들이 없었고, 시험을 쳐도 60점 내외를 맴돌기 일쑤였다. 그런데 시험 때마다 돌연변이처럼 늘 80점대 이상을 받는 학생이 있었다. 하도 궁금해서 한 번은 그 학생을 따로 불러 정체를 물어보았다. 그랬더니 자기는 국악예술고등학교 출신이라 국악 관련 시험을 잘 치를 수 있었다고 답변했다. 그때의 그가 바로 훗날 그 대학의 총장이 되는 박범훈 학생이었다.

하찮은 일이지만 박 교수를 떠올리면 가끔 연상되는 엉뚱한 사연도 하나 있다. 예나 지금이나 마찬가지지만, 여럿이 모여서 직장생활을 하다 보면 개중에는 영향력 있는 사람이나 자신이 승복하는 사람에게 신임을 받으려고 필요 이상의 친절을 베푸는 사람이 있다. 그런데 '교언

영색 선인의巧言令色 鮮仁矣'라는 옛 글귀도 있듯이 그런 인물치고 미덥거나 진솔한 사람이 드물다.

아무튼 당시 중앙대 국악과 교수진의 내부 구도가 어땠는지 나로서는 알 길이 없지만, 그곳 교수 중의 노아무개라는 양반이 한양대 권오성 교수와 내가 박범훈 교수를 흉보고 다닌다며 근거 없는 모함을 퍼트리고 있다는 소문이 돌았다. 내 딴에는 이런저런 인연으로 오히려 평생 박 교수를 감싸고 믿어오는 처지가 아니었던가. 민속악 계보에 뿌리를 둔 박 교수의 음악 활동을 정악 계통의 인사들이 사시로 볼 때마다 극구 옹호해 왔을 뿐만 아니라, 언젠가 한국일보에서 국악계의 유망주를 소개해 달라고 할 때도 수백 명 신진들 중에서 박범훈을 천거하여 문화면 전면 기사로 소개시킨 추천자도 누구인데, 얼토당토않게 그를 비방하고 다닌다니 황당하기 짝이 없었다.

나는 시정의 장삼이사도 아닌 대학 강단의 교육자가 그래서는 안 되겠다 싶어서, 어느 해 연초 KBS 국악관현악단 신년음악회 때 우연히 만난 자리에서 그를 조용히 불러 분명한 사리로 나무라고 훈계한 적이 있다.

# 늦가을 햇살녘의 잔상

★

**박병천 명인 · 김영태 시인**

서재 창유리로 늦가을 햇살이 눈부시게 쏟아진다. 그 화사한 햇살을 되받으며 나뭇잎들은 표정과 농암을 달리하며 형형색색으로 오색의 향연을 연출해 내고 있다. 여느 수목들보다 키가 월등한 은행나무는 간간이 스치는 소슬바람결로 파란 하늘폭에다 황금색 노란 붓질을 하고 있고, 늘 푸른 실향나무와 반송 사이로 진홍빛 얼굴을 내민 빨간 단풍가지는 왠지 오늘따라 먼 옛날 농본 시절의 '선녀와 나무꾼' 같은 아련한 사랑 이야기라도 애써 발설해 내고 싶은 품새다.

대자연의 호흡 같은 바람이 또 지나는 모양이다. 울안의 활엽수 단풍잎들이 짧은 포물선을 그리며 우수수 떨어진다. 그들 낙엽 중에서도 기품 있는 노란 은행잎의 낙하는 단연 압권으로 인상적이다. 필경 차생此生과의 인연을 하직하는 어느 소중한 이들과의 작별만 같아서인지도 모를 일이다.

아무튼 황홀한 전면의 풍광을 바라보는 눈길과는 달리, 고삐 풀린

나의 상념은 느닷없이 거꾸로 회전하며 엉뚱하게도 저만큼 어제의 어떤 죽음의 단상들을 떠올리고 있다. 그러고 보니 참으로 망령스런 상념들의 변덕이 아닐 수 없다. 달짝지근한 추억과 서정적인 밀어들로, 아니면 부평초 같은 인생 행로에 묵직하게 철들어 가는 사색의 추錘를 달아주기 일쑤이던 단풍과 낙엽들이, 어느새 느닷없이 쇠락과 죽음을 첫 화면으로 떠올려 주고 있으니 정녕 희한한 일임이 분명하다.

하지만 엉뚱하다 싶다가도 곰곰 되짚어 보니 이내 수긍이 가며 괜히 계면쩍어지기도 한다. 초속 230여 킬로미터로 내닫는 지구의 공전 속도를 까맣게 잊은 채, 아직도 앞날이 창창한 장년쯤이려니 하고 어이없는 몽환 속에 지내온 게 민망해서인 것 같다. 그래, 그러면 그렇지. 어쩐지 나들이 때면 지하철 역무원들은 내가 창구에 채 다가서기도 전에 늘 한 박자 빨리 '공짜표'를 민첩하게 밀쳐 내주더라니!

적료한 침묵 속에서 나는 진양조 가락 같은 끈적한 곡선으로 낙하하는 노란 은행잎을 바라보며, 어느새 어떤 죽음의 풍경을 아련히 떠올려 보고 있다. 그리고 그 풍경들을 뒤적뒤적 음미해 본다. 그러고는 나도 그렇게 하고 싶다는 내일의 죽음에 대한 다짐도 슬며시 해 본다.

지난해 늦가을이었다. 나는 아산중앙병원으로 문상을 갔다. 진도 씻김굿 하면 으레 대명사처럼 떠올리던 이름 박병천 예인의 타계였다. 당혹스러우리만큼 빈소의 분위기가 여느 상가와 달랐다. 상주들의 표정도 침울하기는커녕 화평하기만 했고, 조문객들의 분위기도 전혀 낌새가 달랐다. 웬걸, 낯익은 얼굴들과 자리를 함께한 후 들은 얘기는 내심 적잖은 충격이었다. 함께 자리한 당대 명인들인 김덕수나 장사익의 설명조에는 오히려 신명기까지 느껴졌다. "어제 저녁에도 노래로 한판 벌였는데, 내일 저녁에는 더 많은 끼쟁이들이 모여 정식으로 한판 벌일 예정"이라고 했다. 그래야 고인도 흐뭇해하실 거고, 우리 또한 고인의 진의를 받드는 일이 될 거라는 것이다. 아, 가는 자와의 이별을 이렇게도 할 수 있구나! 나는 언젠가 다가올 나의 죽음에 대한 기발한 대안이라도 찾은 양 괜스레 기분이 고양돼 그들과 또 한 번의 소주잔을 부딪쳤다.

귀갓길에 탄 버스가 잠실대교를 건너고 있었다. 서울 야경이 새삼 아름다워 보였다. 강심에 잠긴 가로등 불빛이 유난히 눈길을 끌었다. 그 불빛 사이로 훤칠한 키의 박병천 옹이 멋들어지게 북춤을 추는 환상이 실루엣처럼 어른거렸다. 정말 개관사정蓋棺事定이라더니 당대 명인과 영별을 하고 나니 아까운 사연들이 한둘이 아니구나 싶었다. 연습으로 익힌 기예가 아니라 조상 대대로 세습돼 물려받은 멋의 원형질에서 우러나는 행운유수行雲流水와 같은 예술판을 이제 다시는 만날 수 없는 사정도 그렇거니와, 특히 열두 가지가 있다는 진도 씻김굿 중에서 그가 재현해 낼 수 있다고 하던 일곱 가지 유산마저 끝내 역사의 미궁 속으로 영영 사라졌으니 더더욱 그러했다.

버스가 한강 다리의 야경을 뒤로 하고 강변길로 들어섰을 때, 내 생각의 끈은 또다시 죽음을 한판 놀이굿으로 받아들이는 낯설지만 매력적인 장면으로 이끌려 갔다. 아니 인생을 얼마나 달관하고 해탈했기에 만인이 칙칙하게 여기는 죽음을 아름다운 예술로 승화시키며 여유

작작하게 한판 통과의례적인 놀이판까지 벌일 수가 있을까? 골똘한 생각 끝에 떠오른 답은 곧 진도 씻김굿이었다. 알려진 대로 진도 씻김굿은 죽은 자의 영혼을 깨끗이 정화시켜 극락세계로 천도薦度시키는 굿의식이다. 절망이나 비탄이 끼어들 계제가 아니라, 오히려 함께 기리고 축원해야 할 상황이다. 진도 씻김굿판이 비감悲感의 페이소스를 넘어 일렁이는 신명기를 느끼게 되는 연유도 아마 이래서일 게다.

그러고 보니 어려서부터 평생을 죽음 앞에서 노래하고 춤추며 신바람의 굿판을 벌여 온, 그래서 삶과 죽음이란 종이 한 장 차요, 유명幽明이라고 하는 밝고 어둠의 변환에 지나지 않음을 체관諦觀한 박 옹의 입장에서는 이미 죽음의 그림자는 저만큼 하찮은 다반사茶飯事쯤으로 여겨왔는지도 모를 일이었다. 어쩐지 내가 기획했던 베트남이나 몽골 같은 해외 공연에서도, 무대에 오르기 전 거나하게 술 한잔 곁들이고는 무르익은 신명판을 풀어내더라니…. 주변 사람들은 아무도 눈치채지 못했지만, 이미 그는 가망 없이 남몰래 암 투병을 하고 있었다는 사실도 그때 문상 중에서야 알았다. 진정 죽음을 초탈했다는 것은 이런 경지이지 싶었다.

7월 12일 저녁이었다. 대학로 마로니에 공원에는 비가 내리고 있었고, 아르코 예술극장에서는 고 김영태 시인 1주기 공연이 있었다. 잘 알고 있듯이 김영태 시인은, 시인이자 화가이자 클래식 음악 마니아이자 무용평론가로 활약한 19세기적 기인奇人 같은 멋쟁이 로맨티스트였다. 문화예술계에 스며든 그의 인간적 매력이 얼마나 간절했는가를 단적으로 드러내는 증표가 바로 그 추모 공연이었다. 서울현대무용단 대표 박명숙 교수와 국립발레단 단장 박인자 교수가 주축이 된 그날 밤 범무용계의 헌정 공연은, 고인에 대한 사모의 정은 물론 죽음에 대한 또다른 의미망을 각자의 가슴속에 촉촉이 새겨 주는 기회가 됐다.

칠흑같은 공간에 침묵이 흐르고, 은빛 같은 한 줄기 조명 핀이 어느 좌석에 꽂힌다. 가열 123번 좌석이다. 특히 무용 공연 때면 늘 개근하던 고인의 붙박이 지정석이다. 핀이 밝힌 좌석에는 채 온기가 가시지 않았을 고인의 모자와 바바리코트와 지팡이가 놓여 있었다. 순간 고인에 얽힌 숱한 사연들이 주마등처럼 스쳐가며 뭉클한 회억懷憶에 젖게 했다.

무대는 고인의 면면을 떠올리는 편집 화면과 무언의 몸짓들로 차분하게 이어져 갔다. 야릇한 비감과 미감의 조화로운 교직交織은 가슴에 잔잔한 물무늬를 일으키며 현실을 예술의 진경眞境 속으로 환치해 가고 있었다. 아하, 죽음도 이렇게 삶처럼 아름다울 수가 있구나! 그날 밤 추모 공연의 마지막 장면은 자신의 수목장을 예상해서 고인이 마지막 남긴 유작시 낭송이었다. 제목은 '전등사 나무' 였다.

강화도 전등사를
내 한 손으로 들지 모르겠다
가볍다 그리고 어질다
어머니의 가슴처럼

내 몸인 나무가 정해졌다

나뭇가지에 손이 매달려

내 등을 두드린다

“자네 여기 올 줄 알았지”

잘 왔다고

전등사의 밤

추녀 진보라 곡선 아래

나를 맡겨 버린 나무 서 있다

서해 바다에 떠 있는 빈 배를 향해

늦가을 햇살은 여전히 눈부신데, 창밖에는 또 대지가 후~ 하고 입김을 내뿜는 모양이다. 노란 은행잎들이 우수수 지는 걸 보니.

# 청초한 유덕遺德은 한악계의 등불

★

**성경린 선생**

고란사의 고란초보다
망강루望江樓 죽림 속의
청잎 대보다 더
향기로우셔
속이 곧으셔

검은 학 부려 놀던 왕산악보다
지리산 솔바람에 세월을 잊은
귀금貴金보다 표풍飄風보다, 더
그윽하시여
허허로우셔

고 관재寬齋 성경린成慶麟 선생님 탄신 백 주년을 맞고 보니, 근래에 절감하고 있던 몇 가지 사실들이 새롭게 다가선다.

우선 공경하고 받들 한악계韓樂界의 어른이 없다는 허전함이 그것이다. 이미 나도 칠십 대의 노경으로 접어든 세월의 탓도 있겠지만, 요즘 들어 전통음악계의 앞세대를 바라볼 때 태산처럼 믿고 흠모할 걸출한 어른이 없다는 공허함은 우리 모두의 마음밭을 더욱 고적하게 해 준다.

무엇 하나 갖추지 못한 용렬맞은 후학의 입장에서는 한층 관재 선생님의 개결介潔과 만당晩堂 선생님의 인품과 심소心韶 선생님의 자목慈睦 등이 하늘처럼 느껴진다.

어쩌다 세태는 재승박덕형才勝薄德型의 똑똑이들이 난무하는 풍조이고 보니, 특히 관재 선생님 같은 선대 어른들이 궁행躬行하신 고결한 예도藝道와 풍격風格은 밤하늘의 별처럼 더욱 우러러 그립고 아쉽기만 하다.

난세에는 영웅이 그립고 혼탁한 세상에서는 고절高節의 선비가 그립나니, 관재 선생님 탄신 백 주년을 맞고 보니 새삼 가신 분의 청렴강직한 유덕遺德이 그립고 빈자리가 텅 빈 창공처럼 넓기만 하다.

때마침 금률악회 문하門下들이 심금을 울려 기리나니, 분명 한악계의 경사가 아닐 수 없다.

# 학문의 바탕 체상體常을 튼실히 한 학자

★

**송방송 교수**

같은 분야에 종사하는 사람들의 공적을 평가하기는 비교적 수월한 편이다. 당사자의 학문적 성취도는 물론 개인적 품성까지도 소상히 알고들 있기 때문이다.

제25회 방일영국악상의 심사도 마찬가지였다. 국악 전공자들이 모여 국악계의 수상자를 선정하는 일이었으니 첨예한 논란이 있을 수 없었다. 거론되는 대상자들에 대해서 심사위원들은 이미 그들을 세세히 숙지하고 있을 뿐만 아니라 자가 평가까지 내리고 있는 처지들이니 어려울 리가 없었던 것이다.

설왕설래 끝에 두 사람의 후보로 압축되었다. 한 분은 판소리 실기자였고, 한 분은 이론 분야의 학자였다. 두 분에 대한 토론 끝에, 이번에는 이론 분야에 비중을 두기로 했다. 이론이 받쳐 주지 못하는 실기는 사상누각이 되기 십상인데, 그간 이론 분야 수상자는 고 이혜구 박사와 몇 해 전 이보형 선생 정도로 너무 소외되었다는 사실에 공감했기 때문이다.

이론 분야의 수상자라면 당연히 송방송 교수일 것이라는 짐작은 누구나 예측할 수 있는 일이었다. 그만큼 그분의 공적은 탁월하다. 우선 방대한 저술량은 웬만한 학자들의 기를 꺾고 주눅들게 하기 십상이다. 종류도 다양하지만, 출간이 됐다 하면 보통 700~800쪽이거나 1천여 쪽 이상이다.

기실 오늘의 수상자가 학문계의 사표로 칭송받아 마땅한 더 깊은 속뜻은, 송 교수의 거창한 저술량 때문이라기보다는 오히려 일이관지 오로지 한 우물만 파며 정진하는 학자적인 자세와 식지 않는 학구열에 있다고 하겠다.

형설지공螢雪之功으로 뜻을 이루던 농본사회도 아니고 얽히고설키며 복잡하게 살아가는 현대 생활 속에서, 이처럼 초지일관 학문에만 침잠하여 큰 성취를 이루기란 생각처럼 쉬운 일이 아니다.

송방송 교수는 그 같은 길을 의연히 걸어온 보기 드문 호학好學이다. 바로 이 같은 그의 삶의 족적은 학계 동료나 후학들에게 좋은 귀감이 될 뿐만 아니라, 크게 상찬賞讚받아 마땅한 일임은 두말할 나위가 없다.

아니나 다를까. 국악계에 활력을 불어넣으며 전통문화계의 튼실한 토대를 마련해 주고 있는 최고권위의 방일영국악상이 때마침 송 교수를 천거하여 자랑스런 영예의 월계관을 씌워 드리게 되었다.

# 소리꾼의 판소리 사설 정립

**송순섭 명창**

잔잔한 파도가 단조롭듯 인생살이도 순탄하기만 하면 웬지 밋밋하고 권태롭다. 때로는 폭풍이 몰아치고 눈보라가 휘날려야 나름대로 산전수전 세상 좀 살아봤노라고 말할 수 있지 않을까 싶다.

운산雲山 송순섭宋順燮 선생을 떠올리며 가져본 단상이다. 그때 그 시절 우리 모두가 거의 그랬듯이, 운산 역시 지지리도 가난하고 신산辛酸한 시절을 살아왔다. 웬만한 사람들은 바로 그 지점에서 자탄自嘆하거나 좌절하며 인생을 자포자기한다.

하지만 운산은 역경에 굴하지 않았다. 파상적으로 밀어닥친 고난은 오히려 그를 강철처럼 굳건하게 담금질해 갔다. 오늘의 자랑스런 운산을 있게 한 토양이요, 원동력도 바로 여기에 있음에 틀림없다.

무릇 소리나 재주를 앞세우는 재승박덕형은 사탕 맛이다. 가슴 깊숙이 심금을 울려 주는 여운이 없다. 그저 한번 여흥삼아 즐거운 체 어울려 볼 뿐이다. 세상이 부박浮薄하다 보니 너나없이 이처럼 표피적인 감각만을 긁어 주는 사탕발림 예술을 선호하고 추종하며, 심지어 그게 예술의 본령인 양 혼동한다.

운산의 소리엔 허세가 없다. 자신이 살아온 삶의 무늬를 담박하게 가락으로 풀어 낼 뿐이다. 관중들은 그런 신실信實한 소리 속에서 혼연일체의 동질감을 느끼며 깊은 예술적 희열에 잠기게 된다. 대교약졸大巧若拙이라고 하듯이, 대가들의 소리는 오히려 싱겁고 어눌하게 느껴지기도 한다. 하지만 곰곰 음미할수록 그 속에서 진국이 우러난다. 예술의 아름다움뿐만이 아니라 농익은 삶의 얘기들까지 배어나기 마련이다. 마치 운산의 소리가 그러하듯!

팔십 고개를 바라보는 운산의 소리 역정歷程이지만, 단 두 장의 장면을 그려보면 그의 소리 인생의 대성을 누구나 가늠해 볼 수 있다. 마음으로 그려보는 한 장은, 배고픈 소년 시절의 서러운 소리 공부 장면이고, 또 다른 한 장면은 2007년 조선일보 1면 톱에 실린 중국 장강의 적벽대전 터에서 열창한 회심의 적벽가 장면이다.

고흥의 한촌寒村에서 광주, 부산, 서울을 거치며 보옥같이 다듬어 온 소리를, 숱한 영웅호걸들이 명멸했던 먼 옛날 적벽대전 역사의 현장에서 화룡점정으로 기염을 토해 냈으니, 이만하면 운산의 삶의 궤적도 남부럽지 않은 다복한 일생이 아니겠는가!

# 장인 정신의 사표가 될 판소리 여왕

★

**안숙선 명창**

이론의 여지없이 안숙선安淑善은 당대 한국 최고의 판소리 명창이다. 아니 위대한 예술가다. 대중적인 인기가 높대서만도 아니다. 자주 보고 듣는 매스컴의 스타래서만도 아니다. 더더구나 굵직한 상을 많이 받고, 국내외에서 각종 훈장을 받는 등 그의 관록이 대단해서도 아니다.

잘 알다시피 한국에서는 소리만 잘한다고 위대한 예술가가 되는 게 아니다. 소리만 뛰어나다면 그것은 쟁이에 불과하다. 소리를 통해서 공명되는 내면의 정신세계가 우리 심금을 울려야 한다. 그래야 진정한 성악가, 존경받는 예술인이 된다.

여기 내면의 정신세계란 예술적 에스프리래도 좋고, 자기 예술 속에 몰입하는 진지성이래도 좋고, 치열함이래도 좋다. 또는 남이 따를 수 없는 의지래도 좋고, 노력이래도 좋고, 프로정신이래도 좋다. 그런데 대부분의 명창들은 이 같은 정신적 지평으로서의 관문을 뛰어넘지 못한다. 혹독한 극기克己와 자기 수양이 없이는 불가능하기 때문이다. 그래서 '쟁이' 적인 차원의 명성에만 자족한 채 일생을 마치기 일쑤다.

그리하여 한국적 문화 풍토에서는 얼핏 판소리 명창이 많은 듯하지만 기실 위대한 명창을 만나기란 여간 어려운 일이 아니다. 우리 시대가 그토록 만나기 어려운 명창 중의 명창, 음악적 기량과 정신적 탁월함을 겸비한 명창이라면 두말할 나위 없이 안숙선 명창이다.

보드라운 바람이 봄의 서곡을 연주하던 어느 봄날 오전, 나는 남산자락에 있는 국립극장 창극단장 방에서 그녀를 만났다. 그녀의 사무실은 앙증맞다는 말이 걸맞을 작은 공간이었다. 판소리적 전통 분위기에 안성맞춤이다 싶은 색조의 전통 다구가 우선 눈에 띄었다. 우리는 초면도 아니기에 따끈한 녹차를 음미해 가며 이런저런 근황 얘기로 이야기꽃을 피웠다. 실내의 차향과 창밖의 봄기운이 아지랑이처럼 피어오르듯, 우리 대화도 일정한 순서도 주제도 없이 노변정담처럼 이어졌다. 과묵하고 냉철한 안 명창의 일상적인 인상과는 달리 그녀는 화평한 모습으로 자신이 걸어온 산전수전의 길을 진솔하게 들려주고 있었다.

"고향 남원에서 어릴 때의 일입니다. 광한루 앞 연못을 지날 때면 효녀 심청이가 몸을 던진 인당수로 여겨졌어요. 누가 쌀 몇 짝만 주면 심청이처럼 서슴없이 물속으로 뛰어들 수 있을 것 같았어요. 그만큼 가난한 시절을 보냈습니다."

사실 지나간 농본 시절의 한국 사회는 너나없이 생계를 걱정해야 할 만큼 가난했다. 소위 '보릿고개'라 하여, 햇보리가 수확되기 전의

4, 5월경은 그야말로 초근목피로 연명하는 가정이 한둘이 아니었다. 안 명창의 가정도 그보다 덜하지는 않았던 모양이다. 아버지는 일찍 돌아가시고, 할머니는 중풍으로 누웠고, 어머니 혼자서 5남매를 기르며 가사를 꾸려야 했다.

어린 오빠까지도 아이스케키통을 걸머지고 거리를 누벼야 했으니, 안 소녀의 처지라고 평탄할 리 만무했다. 마침 소질도 있거니와, 원근 친척 중에는 가야고의 명인도 있었고, 판소리의 대가도 있었으며, 또래의 친척 중에도 국악과 인연을 맺은 인물들이 여럿이었다. 자연스럽게 안 소녀는 국악의 길로 접어들게 되었고, 춘향여성예술단에 동참하여 어린 나이에 전국 곳곳을 순회하며 고달픈 연예 활동에 몸을 의탁하기도 했다.

"국악의 참맛을 알 만한 나이가 아니었지요. 어른들의 성화에 마지못해 끌려다니며 하는 공연이고 보니 즐거울 수만은 없었어요. 고단한 생활로만 여겨졌지요. 하지만 지금 생각하면 돈 주고도 못 사는 경험이요 기회가 아니었나 싶습니다."

안 명창의 이 말은 백번 옳은 말이다. 안 명창의 오늘의 성공의 기틀도 바로 여기서 형성됐대도 과언이 아니기 때문이다. 오늘날 대학과 같은 제도권 교육 과정을 통해서 배출된 판소리 가수들이나 전통악기 연주가들이 미치지 못하는 치명적 결함도 바로 여기에 있다. 훌륭한 기량과 훌륭한 음악성을 갖추었음에도 신세대 음악인들은 무대 위에서 무언가 아쉬운 구석을 드러내기 십상이다. 새로운 세대들은 판소리가 싹트고 자라온 판소리적 세태와 삶을 체험하지 못했기 때문이다.

악보에 표기된 음악을 정확하게 재현해 낼 뿐, 그 악보의 배면에 농축된 지난날의 감성적 빛깔들을 읽을 수도, 느낄 수도 없기 때문이다.

그러나 안숙선의 경우는 사정이 다르다. 똑같은 가사를 발성해서 노래해 가더라도 그의 소리 속에는 음향 너머의 끈끈한 삶의 역정이 묻어난다. 유랑광대들의 애환이 배어나고, 서민들의 진솔한 삶의 체취들이 그리움처럼 피어오른다. 한마디로 신세대 노래들이 온실 속의 화분에서 자란 화초 같은 맛이라면, 안숙선의 노래는 세월의 풍상 속에서도 의연하게 자기식의 삶을 살아가는 야생화 같은 자생적이고 토속적인 정감의 음악이라고 하겠다. 여느 소리꾼이 체험 못한 국악적 정서의 텃밭을 어려서부터 가슴속에 마련해 둘 수 있었기 때문이다.

또 한 잔의 녹차 향기를 음미하는 동안 나의 머릿속에는 불현듯 사라사테Sarasate가 작곡한 '집시의 노래Zigeunerweisen'의 애잔한 가락이 길게 꼬리를 그으며 흘러갔다. 구라파의 기층문화에서 집시들의 예술이 차지하는 비중이 적지 않듯이, 한국이 민속문화 속에서도 이들 집시와 같은 예인 집단들이 차지했던 기능 또한 각별한 데가 있었다.

각종 재예를 민중들에게 보여 주며 생계를 유지해 갔던 사당패들이 그러했고, 판소리를 비롯한 전통음악의 맥을 이어 내리는 데 절대적 역할을 해 왔던 20세기 중엽의 여러 창극단들이 그러했다. 안숙선은 그 같은 시대적 조류의 예인 활동의 현장에서 대명창을 향한 성장기를 살아왔다.

안숙선의 어릴 적 별명이 무엇이었냐고 나는 느닷없이 물어보았다. 그녀의 어릴 적 별명은 '야발단지'라기도 했고 '풋쐐기'라고도 했단다. 야발단지란 익살맞게 야살을 떠는 사람이란 뜻이 함축된 말이다. 안 명창은 누가 봐도 야무지고 단단하고 차거우리 만큼 이지적이다. 그런 인상과는 달리 그녀의 속마음은 뜻밖에도 자상하고 감칠맛 나는 데가 있다. 즉 야살스런 데가 있다. 구성진 진양조를 듣다가 익살스런 아니리를 듣는 형국이라고 하겠다. 야발단지는 그녀의 또 다른 별명인 '풋쐐기'의 대칭 개념이다. 풋쐐기란 나뭇잎 밑에 붙어 있다가 사람을 따끔하게 쏘는 싱싱한 곤충이다. 안 명창의 지성적이며 올곧은 성품을 함축한 별명이다.

여기 그녀의 두 가지 별명도 결코 그녀의 음악 세계와 무관치 않다. 야살스런 따뜻한 인간미가 없었다면, 그녀의 음악 속에 흐르는 진하디 진한 인생의 명암이 그토록 만인의 심금을 울리지 못했을 것이고, 풋쐐기 같은 저항의식과 고고함이 없었다면, 그녀는 오늘과 같은 거목으로 대성하기 이전에 이미 불우한 시대의 파도 속에 침몰되고 말았을 것이다.

"무대 위에서 젊은 시절을 살다 보니 정신적인 방황도 많았습니다. 방황과 회의를 극복할 수 있었던 것은 전적으로 저의 두 분 은사님 덕분입니다. 향사 박귀희 선생과 만정 김소희 선생이 그분들입니다."

대부분의 한국인들이 기억하고 있듯 박귀희와 김소희는 20세기 후반 한국 민속악계를 이끌어 온 탁월한 여류 명창이다. 박귀희는 가야고 병창으로, 김소희는 판소리로 일세를 풍미했다. 안 명창은 말한다.

"나는 그분들로부터 음악적 기량도 배웠지만, 그보다도 예술가로서 갖춰야 할 인간적인 덕목과 철저한 프로정신을 배웠습니다."

정말 맞는 말이다. 안 명창의 음악 속에는 철두철미한 장인 정신이 도사리고 있다.

그래서 그의 음악은 한 단계 승화된 격조 있는 지평을 펼쳐가고 있음은 물론, 그래서 그녀는 만인으로부터 쏟아지는 경외의 존경심을 잃지 않고 있는 것이다. 그녀는 힘주어 말했다. 자신의 예술 앞에서는 생명을 거는 초인적인 노력을 경주한다고.

결코 허언이 아니다. 그녀의 생활을 접해 보고, 그녀의 무대를 겪어 보는 청중이라면 누구나 공감하고 감탄하는 사실이다. 그녀는 대중의 환호에 도취하지도 않고, 대중의 반응을 의식하는 맞춤형 노래를 하지도 않는다. '풋쐐기' 라는 젊은 시절의 별명처럼 음악 외적인 일체의 현실은 냉혹하게 배제하고, 오직 자신의 음악 속에 치열하게 몰입하며 자신이 지향하는 음악적 좌표를 향해서 끈질기고 집요하게 정진해 간다.

한국의 판소리는 단편소설 같은 고전을 창자 혼자서 발림동작도 하고, 극적 상황을 설명하는 아니리대사도 하고, 소리아리아도 해 가며 일인다역으로 노래해 가는 성악곡이다. 말하자면 서양 오페라를 한 사람의 가수가 갖가지 장면과 정황을 혼자서 노래와 연기로 재현해 가는 셈이라고 하겠다. 따라서 판소리 한 곡을 모두 부르려면, 짧은 노래는 4시간 정도, 춘향가처럼 긴 것은 8시간 이상이 걸린다. 다시 말해서 8시간 이상을 한 창자가 잠시도 쉬지 않고 계속해서 연창하는 특이한 음악이 한국의 판소리다.

바로 이 같은 끈질김과 지구력, 어쩌면 전통문화의 배면에 깔린 문화적 원형질이라고도 할 이 강인한 끈기야말로 안숙선 명창의 음악을 설명하는 알파요 오메가가 아닐 수 없다. 이 끈질긴 프로정신의 화폭 위에다가 한국인의 질박한 정서들을 '야살맞게' 그려 낸 한 떨기 야생화, 그것이 곧 안숙선 명창의 음악적 진면목임에 분명타고 하겠다.

## 삶과 예술의 일체적 조화

한때 '거품 경제'라는 말이 유행하던 시절이 있었다. IMF 관리체제 때의 일이다. 그때 나는 거품이 많기로는 경제에서보다도 문화계가 더 심하지 싶었다. 그 같은 소신은 지금도 여일하다.

요즘 우리 주변에는 문화예술의 홍수시대를 방불케 한다. 문화예술이라는 의상으로 번드름하게 치장한 형형색색의 행사며 공연들이 즐비하게 줄을 잇는다. 뿐만 아니라 문화예술인임을 자처하는 명사들도 밤하늘의 별만큼이나 무수하다.

문화예술 활동이 이처럼 풍성하고, 별처럼 빛나는 예술인들이 이처럼 지천인 세상이라면, 분명 우리 삶은 가며로운 정서에 자족감이 충만해야 마땅했을 터다. 하지만 우리 가슴은 텅 빈 동공처럼 허전하고, 우리 일상은 여전히 삭막해서 도무지 순수무구한 여백의 공간을 가져 볼 기회가 흔치 않다.

문제는 문화예술계의 거품이 아닌가 한다. 거품은 속이 비었으니 허전하고, 단명하니 허무하다. 더구나 문화예술계의 거품은 오색찬란하다. 경제계의 거품이 여울목에 명멸하는 백색의 포말이라면, 예술계의 그것은 창공에 흩날리는 비눗물 기포에 햇살의 굴절로 아롱지는 무지갯빛 거품이다. 따라서 아름다운 거품이, 실상이 아닌 거품으로 사라지는 자리는 그만큼 더 쓸쓸하고 황량하다. 저간의 문화예술계의 자화상이자 현주소가 아닌가 한다.

거품이 많은 세상에서 거품이 아닌 이를 만나면 그렇게 미덥고 반가울 수가 없다. 허장성세로 분칠하고 꾸미는 사이비, 즉 비슷한데 알고 보면 '짝퉁'인 거짓들이 판치는 세태에서, 진짜배기를 만나면 정말 큰 희망이 이뤄진 듯 세상이 갑자기 밝아지는 느낌이다. 그 같은 진짜배기 예인藝人이 과연 한악계에도 자리하고 있을까?

바로 안숙선 명창이 그다. 나는 안숙선 명창의 소리제가 어떻고, 계보가 어떻고에 관심이 없다. 그녀는 이미 그 같은 즉물적卽物的이고 현실적인 차원을 뛰어넘어 피안의 세계, 인간 내면의 형이상形而上의 차원을 가성假聲이 아닌, 절절히 체험된 삶의 육성肉聲으로 절규하고 있기 때문이다. 안 명창의 소리가 뭇사람들의 심금을 울리는 진짜배기가 되고, 안 명창이 근사치가 아닌 진정한 예인의 대명사로 칭송되는 이유도 바로 이 점에 있다고 하겠다.

한마디로 안 명창의 음악의 길은 남에게 잘 보이려는 게 아니고, 자기 완성을 위한 구도의 길이었다. 학문으로 말하면 출세의 방편으로 하는 위인지학爲人之學이 아니라, 누가 알아주건 말건 자기 수양으로 하는 위기지학爲己之學의 자세였다. 따라서 그녀의 음악 속에는 농익은 성음의 기예만 번뜩이는 게 아니라, 산전수전의 우여곡절이 체화된 온유한 삶의 앙금이 켜켜이 묻어난다. 안 명창의 소리가 언제 어디서고 우리를 뭉클한 공감의 심연 속으로 이끌어 가는 요체要諦도 바로 여기에 있다.

실용과 분석을 주무기로 하는 서구 문물이 유입되면서, 우리 예술 또한 기예와 사람이 분화되고 말았다. 사람 됨됨이가 어떻든 기예만 뛰어나면 대가요 스타가 되는 세상이다. 그래서 재주 많은 사람들이 부지기수인 요즘에는 명창도 많고 명인도 많다. 하지만 이 같은 예술의 풍년 속에서도 우리네 삶의 질이 피폐해지는 것은, 재주를 파는 장인들은 많은데 예술을 통해서 인간을 완성해 가는 '성어악成於樂'의 진정한 예술가는 드물기 때문이다.

재승박덕형의 예인들은 대성에 이르지 못한다. 수기修己를 통한 사람 되는 훈련에 소홀하기 때문이다. 교언영색巧言令色하는 사람 치고 어진 이가 없다듯이, 재주나 묘기를 앞세우는 기예인이 만인의 사표가 될 예술가가 되기 어렵다. 공자 같은 지혜로운 성인도 "사람이 어질지 못한데 어떻게 음악을 하겠는가[人而不仁 如樂何]"라고 정곡을 짚었으며, "그림 그리는 일도 흰 바탕을 만드는 게 먼저[繪事後素]"라며 고금의 진리를 갈파했다. 모두 사람 됨됨이가 먼저임을 강조한 것이다.

이 같은 세상 이치의 반열에 드는 음악이 곧 안 명창의 소리요, 예인이 곧 안 명창이라고 나는 확신한다. 그만큼 그의 소리는, 똑같은 대목을 거듭 들어도 들을 때마다 새롭고, 듣고 들어도 바닥이 보이지 않고 근원이 무궁하다. 인생과 예술, 기예와 영혼이 합일하며 털끝만큼의 허세도 꾸밈도 배제한 채, 진실한 '제 인생 이야기'를 '제 소리'로 보여 주기 때문이다.

안 명창의 예술의 생명력과 남다른 마력은 그의 끝없는 정진精進에서 연유한다. 냄비 끓듯 하는 인스턴트 시대의 행태들을 경멸이라도 하듯, 그녀는 모닥불로 무쇠솥을 달구듯 한결같고 여일하게 자기 음악의 본령만을 향해 매진한다. 삶 따로 음악 따로가 아니라, 삶이 곧 소리고 소리가 곧 삶인 치열한 장인 정신으로 예인의 길을 정진해 간다. 곰삭은 소리의 멋과 함께 그 같은 철두철미한 프로 기질이야말로 안 명창 예술의 알파요 오메가이며, 만인의 감동과 존경을 담보하는 요체다.

추사秋史 김정희의 글에 이런 구절이 있다.

"비록 9천9백9십9분까지는 도달한대도 나머지 1분을 이뤄 내기는 아주 어렵다. 웬만한 노력이면 보통 사람도 9천9백9십9분까지는 도달할 수 있다. 그러나 마지막 이 1분은 인력으로는 가능한 게 아니다. 하지만 역시 인력의 밖에 존재하는 것도 아니다. 요즘 우리나라 사람들은 바로 이 이치를 모르고 함부로 망령된 작품활동을 하고 있다. 석파石坡는 난蘭에 조예가 깊어서 천기청묘天機淸妙함에 가까우니, 가히 여기 마지막 1분의 신기에 진입했다고 하겠다."

추사의 말이 맞다. 천하의 일가를 이룬 예인의 경험을 바탕으로 한 얘기이니 만인이 음미할 금언이 아닐 수 없다. 무릇 뜻을 세운 예술인들이라면 각고의 노력으로 9천9백9십9분까지는 목표에 도달할 수 있다. 하지만 나머지 1분의 위대한 경지까지 이르기에는 역부족이다. 역부족이라고 해서 인력으로 안 되는 '인력 밖의 일[人力之外]'도 또한 아니다. 추사는 대원군, 즉 석파의 난그림이 그 마지막 일분지공

一分之工에 든다고 했다. 바로 이 지점에서 범상한 예술인과 위대한 예술가가 판가름되는 것이다.

마지막 일분지공에 들었다는 석파의 난은 오늘도 그 천기청묘한 예향으로 후세인의 영혼을 살찌우고 있다. 그러면 한악계韓樂界에서 청각의 예술로 석파의 난향처럼 우리 삶을 윤택하고 아름답게 보듬어줄 군계일학의 진정한 예술가는 없을까?

주마등처럼 스치는 한악계의 중진들 중에서 나의 시야에 제일 먼저 우뚝 다가서는 인물이 있으니, 바로 안숙선 명창이다. 분명 그녀의 소리혼은 석파의 난처럼 한 시대를 풍미함은 물론 한국예술사를 더욱 풍요롭게 가꿔 낼 것이다.

# 서도지방의 맛과 멋을 이어 준 고마운 은인

★

**오복녀 명창**

전통음악계에서 차지하는 오복녀吳福女 명창의 비중은 열 번 강조해도 지나치지 않다. 그만큼 그의 존재는 여러 면에서 독보적이고 진귀하고 막중한 바가 있다. 우선 서도소리의 진수를 체득한 유일한 대가라는 점에서도 그러하다.

오 명창은 서도지방에서 태어나 서도의 정서와 풍물을 온전히 체득한 가객이다. 그의 노래 속에는 자연히 서도 예술의 맛과 멋이 진솔하게 배어나기 마련이다. 수심가나 긴아리에 묻어나는 애잔한 정한이 그러하고, 난봉가나 산염물에 스며 있는 따듯한 삶의 체취가 그러하며, 초한가나 공명가 등을 통해서 펼쳐내는 담담한 인생 경륜이나 고담들이 그러하다. 한마디로 노래 속에 서도적인 삶이 있고 서도적인 인생살이가 내밀하게 농축돼 있다. 그래서 노老대가의 노래는 목청과 기량만을 앞세우려는 문하 세대와도 다르고, 서도 문물을 경험하지 못한 타지역 출신들의 서도 창과도 판연히 다른 것이다.

한편 오복녀 명창의 진가란 비단 음악적 범주에만 국한하지 않는다. 오히려 시대적 · 역사적 관점에서 그의 존재 의미는 한층 돋보인다. 바로 민족 분단의 현실에서 이산의 아픔을 위무해 준 것이 다름 아닌 오 명창의 서도소리였기 때문이다.

분명 오 명창의 서도소리는 북녘에 고향을 둔 실향민들에게는 더없는 위안이요 추억이었으며, 문화적인 정체성과 동질성을 확인시켜 주는 고맙고도 절실한 존재였다. 그들은 서도 토박이 명창의 노래를 통해 망향의 그리움을 달랬고, 고향의 풍광을 그려봤으며, 외로운 처지들 간의 끈끈한 우애와 응집력을 키워 가기도 했다. 이 점에서 오 명창의 서도소리는 음악의 차원을 뛰어넘는 시대적 의미망을 지니는 것이다.

노래도 예술도 인간의 삶 속에서 싹터 나온다. 따라서 삶의 양상이 바뀌면 노래도 예술도 바뀌기 마련이다. 사는 모습만 아니라 이념이나 가치관이 근본적으로 뒤바뀐 북한지방에서는 그래서 어제의 전통음악의 모습을 좀처럼 찾아보기 힘들다. 이제 통일이 되어 고향을 가도 옛 듣던 가락, 옛 놀던 연희들을 만나기란 거의 난망하다. 얼마나 안타깝고 허망한 일이겠는가.

바로 이 같은 역사적 상황을 떠올릴 때 우리는 재삼 오복녀 명창의 존재 의미와 그 음악의 존귀함을 깊이 통찰하고 소스라쳐 절감하지 않을 수 없다. 오 명창이야말로 풍전등화와 같은 서도소리의 명맥을 실낱같이 이어가며 힘겹게 달려가는 성화 봉송자와도 같은 소중한 예인이다.

# 동초제 판소리 정립에 기여한 공적

★

**오정숙 명창**

가을은 오곡의 결실만이 아니라 문화예술의 열매를 수확하는 계절이기도 하다. 그만큼 요즘 우리 주변에는 찬연한 문화예술 활동이 즐비하고, 기라성 같은 예술인들이 물결을 이룬다. 양적인 수치로만 치면 우리 삶은 한층 가며롭고 윤택해야 마땅할 터다. 하지만 현실은 여전히 추수가 끝난 들판처럼 공허하기 일쑤다. 결실의 나락에도 쭉정이가 있듯이 문화예술계에도 아마 무지갯빛 거품이 충일해 있기 때문일 게다.

사람人이 재주를 앞세워 억지로 하는 행위爲는 필경 가짜[人+爲+僞]의 거품에 빠지기 십상이다. 발효되고 체화된 제 얘기를 하지 않기 때문이다. 교언巧言이나 영색令色치고 진짜배기가 드물다는 말이 그래서 작금에도 유효한지 모를 일이다.

제14회 방일영국악상 심사위원들은 우선 예술계에 가득한 거품을 걷어내고 튼실한 알곡을 찾아보려 애썼다. 특히 재승박덕형의 표피적인 화려함보다 진정한 장인 정신을 지향하는 예인藝人을 거르는 데 주안점을 두었다. 이 같은 안목의 조망경에 들어선 몇몇 후보들을 대상으로 설왕설래의 숙고 끝에 흔쾌히 결정된 수상자가 곧 오정숙吳貞淑 판소리 명창이다.

각고의 노력 없이 명창의 반열에 설 수 없음은 많이 들어온 상식이다. 오 명창 역시 예외가 아니다. 열네 살 때 동초東超 김연수金演洙 명창의 문하에 들어간 이후 오직 한 우물을 파는 데만 정진했다. 이 말 속에는 두 가지 의미가 배어 있다. 하나는 자기 소신의 고집과 앙기로 남다른 장인 정신이 두드러졌다는 점이고, 또 하나는 동초제 판소리의 맥을 이으며 이를 확실하게 정착시켰다는 판소리계의 공적이다.

여기 동초제 판소리란 김연수 명창이 정리한 판소리의 한 판형을 의미한다. 새로운 소리제의 계발이라기보다는 기존 여러 명창들의 좋은 더늠의 대목들을 취사선택하여 모범답안 같은 판소리 한바탕의 정형定型을 이뤄 놓은 것이 '동초제東超制'다. 굳이 비유하자면 동리桐里 신재효申在孝가 중구난방의 판소리 사설을 집대성해서 정리했다면, 동초 김연수는 명창들마다 형형색색이던 소리제를 일정한 틀 속으로 형식화시켰다고 할 수 있다. 따라서 동초제 판소리는 판소리 특유의 즉흥성은 크게 제약되지만, 익히기나 전승하기에는 많는 장점이 있다.

아무튼 오정숙 명창은 이 같은 동초제 판소리의 정통正統을 이어받았을 뿐 아니라, 이를 한층 갈고 닦으며 널리 정착시키는 데 크게 공헌했다. 특히 오 명창은 1972년, 8시간에 걸친 동초제 춘향가의 완창을 시작으로 매년 한바탕씩, 현존 다섯 마당의 판소리를 모두 완창하여 당시 장안의 화제가 되기도 했다. 50, 60년대만 해도 판소리 완창은 거의 들어보기 힘들었다. 모두 토막 소리공연뿐이었다. 그런 상황에서 박동진 명창에 이어서 여류로는 처음으로 오 명창이 판소리 완창의 관심과 진미를 선구적으로 일깨웠던 것이다. 바로 이 같은 사실에서도 우리는 오 명창의 소리에 대한 남다른 집념과 끈질긴 프로 기질을 읽을 수 있다.

스승 동초 선생을 닮아서인지 오정숙 명창은 제자들을 엄격하게 교육시키기로도 정평이 나 있다. 그래서 그의 문하에는 소리 한번 다잡아 해보겠다는 제자들이 유난히 많이 모여든다. 제자를 일단 받으면 우선 사람이 되고 소리꾼이 될 수 있도록 인정사정없이 몰아간다. 그래서 일단 그의 엄격한 훈도를 거치고 나면, 적어도 될성부른 떡잎 정도는 되기 마련이다.

재주를 조금 인정받으면 세상이 자기 중심으로 돌아가는 줄 착각하는 위인들도 많다. 그 같은 경우는 재주가 아까울 정도로 진정한 경지에 들지도 못한 채 중도폐기되기 일쑤다. 그래서 참다운 예술의 밑바탕에는 수기修己와 인격人格이라는 사람의 문제가 깔려 있어야 한다. 이 같은 관점에서 보아도 오늘의 수상자인 오정숙 명창은 바른 소리 예술의 길과, 바른 사람의 길을 걸어왔음에 틀림없다고 하겠다.

동초 김연수 명창의 탄신 백 주년을 맞아 스승을 그토록 극진히 모시고 흠모해 오던 제자가, 그분의 탄신 백 주년에 동초제 판소리 정립의 공로로 상을 받게 되니 분명 수상의 의미가 배가되는 느낌이다.

# 소쇄원 광풍각의 죽림풍류

★

**원장현 명인**

한국의 대금! 참으로 신묘한 악기다. 사람이 만든 악기인데 소리는 사람의 소리가 아니다. 순도 백프로의 자연의 소리요 천상의 소리다. 어디 이쁜이랴. 서너 뼘 남짓의 죽관에서 빚어지는 소리결은 또 얼마나 부드럽고 따듯한가. 파란 하늘 밑의 하얀 목화송이보다 부드럽고, 아지랑이 꽃피우는 봄날의 햇살보다 다스한 게 대금의 음색이요 천성이다.

대금은 결코 예사로운 악기가 아니다. 혈통부터가 남다르다. 속세의 인연만이 아닌 신의 계보와 핏줄이 닿아 있다. 신라시대 만파식적萬波息笛의 전설이 이를 증언하고 있다.

신문왕神文王 때 동해바다에 섬이 하나 생겨나고 그 섬 위에 대나무가 하나 자라났는데, 낮에는 갈라져서 둘이 되고 밤에는 합해져서 하나가 되었다. 기이하게 생각한 왕이 그 대나무를 베어 오게 해서 악기를 만들었다. 그러자 소리가 어찌나 영험한지, 이 악기를 불면 질병이

퇴치되고 적병이 물러갔다. 모든 어려움과 근심걱정들이 씻은 듯이 사라졌다. 그래서 이름을 거센 파도도 종식된다는 뜻의 만파식적이라 했다.

전후좌우의 맥락을 살피면, 이처럼 대금의 혈통은 신의 세계, 전설의 세계와 맞닿아 있다. 예나 지금이나 천의무봉의 대금 소리는 아무리 생각해 봐도 세속의 소리가 아닌 천상의 소리에 분명할 만큼 영묘하고 초월적이었기 때문에, 아마도 이 같은 신비스런 사화史話가 생겨났을 것이다.

그러고 보면 대금 음악의 실체를 드러낼 수 있는 사람은 입신入神의 경지에 들 수 있는 능력자여야 할 것이다. 그러지 못한 연주자가 섣불리 대금을 입에 대봤자 한낱 세속의 감칠맛에만 맴돌 뿐, 젓대 소리 본연의 속멋이나 비경秘境을 담아낼 도리가 없음에 분명타고 하겠다.

조선조 말 대금의 달인 정약대丁若大의 일화는 지금도 깊게 울리는 여운이 있다. 그는 일 년 열두 달 눈만 뜨면 인왕산에 올라가 대금을 불었다. 7분 정도의 '밑도드리' 한 곡만을 되풀이해 불며, 한 번씩 불 때마다 왕모래 한 톨씩을 신고 간 나막신에 넣었다. 해가 서산을 넘고 하산할 때는 나막신에 모래가 가득 쌓였다고 한다. 이쯤 되면 기량과 물리가 일시에 확 트이며 저절로 접신의 경계를 넘나들게 될 것이다. 이것이 곧 그가 후세에 이름을 길게 남기게 된 필유곡절必有曲折이다.

여기 당대의 젓대 명인, 동려東呂 원장현元長賢의 경우는 어떨까. 우선 그의 음악을 접하면 행운유수行雲流水의 이미지가 떠오른다. 구름 가듯 물 흐르듯 자연스럽고 편안하다. 기교며 악상이 익을 대로 익어서, 틀과 형식은 뒤로 숨고 미풍에 나부끼는 비단결처럼 악상의 시심詩心만이 심금을 퉁기며 물 흐르듯 흘러간다. 결코 노력만으로 될 일이 아니다. 뛰어난 재주만으로 될 일도 아니다.

원장현의 음악은 누구보다도 씨앗이 튼실하고 토양이 비옥하다. 선친은 젓대의 명인이었고, 숙부나 고모도 거문고와 가야고의 대가들이었다. 젓대를 잡기 전부터 이미 동려의 혈관 속에는 탁월한 음악적 소인素因이 싹터 있었음을 알 수 있다.

어디 그뿐이랴. 동려의 고향이 어데던가. 죽림문화의 산실 담양이 아니던가. 조석으로 밀려드는 삽상한 대바람 소리는 천계天界의 음향을 일깨우며 동려의 감성을 살찌웠을 것이고, 소쇄원瀟灑園 광풍각을 스쳐가는 일진청풍은 말 그대로 제월광풍霽月光風의 풍류 기질을 배태시켰을 것이다.

바로 이 같은 환경이 동려 원장현 음악의 알파요 오메가라고 나는 믿는다. 그러니 후천적으로 음악에 뜻을 두고 열심히 기교를 익혀 무대에 서는 여느 음악인들의 음악과는 어딘가 맛이 다르고 멋과 운치가 다름을 느끼게 된다.

원장현의 대금가락은 영락없이 고향마을 대바람 소리의 분신일시 분명타고 하겠다. 바람결에 따라 대숲의 음향도 달라지듯, 취법과 감정에 따라서 동려의 가락도 천변만화의 파노라마를 연출한다. 어떤 때는 옹달샘물처럼 해맑다가도, 어떤 때는 가을 하늘을 비상하는 외기러기처럼 애상적이기도 하고, 또 어느 때는 소쇄원 제월당 풍류객들의 풍류판처럼 격조 있는 풍취를 뽐내기도 한다. 한마디로 그의 음악은 무위자연無爲自然의 옷을 입고 무애無碍의 춤을 추며 풍진세상을 주유하는 풍월주風月主의 선풍仙風 같다는 느낌을 지울 수가 없다.

'만리귀선 운외적萬里歸仙 雲外笛'이라, 구름 밖 신선이 젓대 불며 돌아오듯, 동려 원장현 명인이 도포자락 휘날리며 남산 자락에 현신하니, 뭇사람이 기대하는 음악계의 경사가 아닐런가!

# 실사구시의 학문을 궁행한 성실한 학자

★

## 이보형 선생

이보형 선생은 남이 양지의 학문을 탐할 때 음지의 학문을 택했다. 남이 유행의 분야를 좇을 때 그분은 소외된 분야에 애정을 쏟았다. 남이 책상머리에서 안일하게 글을 쓸 때 그분은 누항陋巷의 궂은 곳을 뒤지며 발품으로 글을 썼다. 남은 입신양명도 누려가며 학자연할 때 그분은 초야의 한사寒士에 자족하며 범재연凡才然했다. 남이 겉시늉으로 공부할 때 그분은 참다운 호학好學으로 한 우물에 매진했다.

한국민속음악의 학문적 바탕이 놓이고, 한국민속음악의 위상이 제고되고, 한국민속음악의 개화기가 앞당겨진 배면에는 바로 이 같은 이보형 선생의 소신과 내공이 반석처럼 자리하고 있다.

나는 한국의 정신문화 중에서 선비정신과 풍류사상을 높이 산다. 견리사의見利思義와 지절志節을 앞세우는 선비정신은 물질만능의 부박한 세태를 치유하는 특효약이 될 수 있기 때문이요, 풍류사상은 인정이 메마른 각박한 현대 사회에 넉넉한 여유와 따듯한 훈풍을 불어넣을 수 있겠기 때문이다.

익히 알고 있듯이 이보형 선생은 자리를 탐하지 않았다. 명예에 연연하지도 않았다. 남을 폄훼하지도 않았다. 늘 초심과 평상심을 유지하며 학구의 길에만 매진했다.

그렇다고 그분은 결코 메마른 선비가 아니다. 멋과 흥취를 아는 풍류객이기도 하다. 물론 전공 분야 자체가 신명기를 전제로 하는, 판소리 같은 민속악인 점도 작용했을 테다. 하지만 딱히 그 점만이 아니다. 속멋이 든 북장단과 오랜 취미의 사군자의 내면을 접하게 되면 그분이 풍류의 속멋을 타고난 균형 잡힌 선비임을 이내 알아채게 된다.

이보형 선생은 한국문화의 훌륭한 덕목이자 21세기 인류사회에 내놓고 자랑할 만한 정신유산인 선비정신과 풍류사상을 겸비한 학자다. 그러고 보면 그분은 비단 전통음악만으로 문화의 맥을 잇고 있는 게 아니라, 전통음악을 잉태시킨 배면의 세계, 즉 선조들의 정신문화의 체질과 시대사상까지 온전히 계승해 가고 있는 셈이다.

우리가 금과옥조로 마음에 새겨둘 고전 글귀가 있다. '사람이 어질지 않으면 예는 해서 뭘하며 악은 해서 뭣하느냐[人而不仁 如禮何, 人而不仁 如樂何]'라는 명구와, '시를 통해서 감성을 풍부히 하고, 예를 통해서 처신의 준거를 삼으며, 악을 통해서 인격을 완성한다[興於詩 立於禮 成於樂]'는 선현의 말씀이 곧 그것이다. 곰곰 음미할수록 수천 년의 시공을 초월하여 오늘의 우리에게도 그대로 유효한 진리요 금언이 아닐 수 없다.

잠시 우리네 주변을 돌아보자. 돼먹지 않은 인품으로도 예술을 하고 학문을 하고 정치를 하는 소위 재승박덕형의 향원鄕愿, 군자연하는 사이비들이 얼마나 득실대는가를! 우리 사회에 너그러운 똑똑이들이 적고 피곤하기 짝이 없는 영악한 똑똑이들이 많은 것은 어쩌면 우리가 자초한 업보들이다. 압축성장시대를 거치면서 경제적 물질만능주의에 순치됐기 때문이요, 주입식 암기교육을 통한 무한경쟁의 승자정의勝者正義식 풍조를 조장해 왔기 때문이다.

이래서 우리 주변에는 남을 이기는 데만 이골이 난 '헛똑똑이'들은 많은데, 남을 배려하고 자신을 낮추는 진실로 존경할 만한 '속똑똑이'들은 의외로 적다.

이보형 선생은 주변 모두가 인정하듯 겸손한 선비요 학자다. 말하자면 학과 덕과 인품의 조화를 이룬 학인이다. 《논어》에서 이르는 '성어악成於樂'의 경지에 근접한 드문 인물 중의 한 사람이 아닐 수 없다.

# 고소한 해학이 일품인 경중예인鏡中藝人

★

**이상규 교수**

다른 이는 몰라도 이상규 교수가 회갑이라는 사실은 얼른 실감이 가지 않는다. 흔히 선배들의 나이 드심은 쉽게 눈에 띄어도, 후학들의 깊어지는 연륜은 의외란 듯 좀해서 믿겨지지 않는 인지상정 때문이기도 할 것이다.

그러나 이 교수의 회갑에 대한 나의 의외성은 이와는 성격이 좀 다르다. 그는 팔팔한 장년 시절부터 머리는 은발이었다. 따라서 '안면은 청년에 머리는 은발'이라는 이미지가 곧 이 교수의 초상화처럼 나의 뇌리에 늘 각인되어 있었으니, 머리가 여전히 은발인 한 내 머릿속의 이 교수는 아직도 싱싱한 불혹의 연재年載쯤으로 감쪽같이 속고 있을 수밖에 없지 않은가.

여하간 이 교수의 은발은 적어도 은발을 선호하는 내게는 여간 인상적이질 않았다. 그와 관련된 내 머릿속 사진 중에는 우선 은발의 장면이 전면에 떠오른다. 하얀 두루마기에 은발을 휘날리며 멋지게 지휘를 하는 장면이 곧 그것이다. 은발에 부서지는 은은한 조명과 학창의鶴氅衣 같은 흰 두루마기 자락에 단아하게 흐르는 지휘의 선율을 따라가다 보면, 관중은 어느새 무대 배경으로 드리워진 산수화 속의 신선이라도 된 양, 마냥 그윽한 상념의 세계로 여행을 떠나기 예사다. 그러고 보면 이 교수의 흰 두루마기 은발의 지휘 장면은 중생을 피안의 예술세계로 이끄는 통과의례적 마력魔力이자, 본인의 음악적 본령本領을 극명하게 압축하는 생생한 징표임에 분명타고 하겠다.

한편 이 교수의 창작곡 중에는 잘 알려진 '대바람 소리'가 있다. 이 작품은 '대바람 소리/들리더니/소소한 대바람소리/창을 흔들더니…'로 시작되는 시구를 모체로 하고 있지만, 나는 이 곡의 표제가 이 교수의 타고난 심성을 음악적으로 구현시킨 좋은 표본이라고 생각한다. 그만큼 이상규 교수의 총체적 인상은 예부터 상찬돼 오는 대죽을 닮은 데가 있다. 우선 야무진 듯 단정한 풍모가 그렇고, 깔끔하고 사리가 분명한 천성이 그러하다.

일찍이 서울지방 사람들의 품성을 일러 경중미인鏡中美人이라고 했는데, 포천이 본관인 이 교수 역시 경중미인적인 정갈함과 명료함이 유난히 드러난다. 여기에 더해 재치 있는 익살이 일품이다. 대나무적 절조節操에 은은한 인간미를 조화시킨 성품이다. 그러고 보면 이 교수의 이미지나 작품세계를 시각적으로 환치하면, 그것은 영락없이 엄동설한을 버텨 서 있는 고죽苦竹이라기보다는 따뜻한 남녘땅 초가지붕 마당가에 올곧게 둘러쳐진 청순한 청죽靑竹임에 분명타고 하겠다.

# 대금 산조의 달인

★

**이생강 명인**

어느 특정 지역의 기후풍토는 그 지역 사람뿐만이 아니라 문화예술에도 막대한 영향을 끼친다. 단적인 예로 서양 음악의 경우 세기적 바리톤은 유럽의 북부지방에서 많이 나오고, 기라성 같은 테너는 남방지방에서 많이 배출되는 사실이 곧 그러하다. 기후가 음습하며 날씨가 흐리고 추운 북구지방에서는 평상시의 사고나 정서가 육중하게 침전되며 내향적이기 십상이다.

일상적 언어생활 역시 차분하게 피치音高가 낮다 보니 자연히 음역이 낮은 저음 가수가 상대적으로 많을 수밖에 없다. 반대로 기후가 따듯하고 햇살이 투명한 남방의 기질은 비교적 낙천적이고 외향적이며 언어 역시 맑은 성색에 음고가 높다. 당연히 음역이 높은 뛰어난 고음 가수가 많이 배출될 수밖에 없는 여건이다.

이 같은 기후풍토와 예술과의 함수관계는 비단 성악에서만도 아니다. 우리가 좋아하는 모차르트와 하이든, 바흐와 베토벤의 음악을 연상해 보면 이내 수긍이 가게 된다. 남구의 기후풍토에서 우러난 전자의 음악이 밝고 명랑하고 낙천적인 데 비해, 북구의 환경에서 배태된 후자의 음악은 검푸른 수림처럼 짙고 육중하고 사색적인 면이 두드러진다. 결국 문화나 예술은 사람이 만들어 가는 것이지만, 그 양자를 모두 지배하는 것은 끝도 쉼도 없는 대자연의 운행 작용이 아닐 수 없다.

이 같은 시각에서 볼 때, 한국 음악 안에도 남방적인 요인의 음악과 북방적인 풍토의 음악이 병존한다는 사실은 자명한 순리라고 하겠다. 딱히 북부권의 고구려 왕산악이 만들었대서만이 아니라, 둔탁한 듯 중후한 음색의 거문고는 영락없는 북방적 여건의 악기이고, 남방 가야나라의 우륵이 만들었대서만이 아니라, 낭랑한 음색의 가야고는 분명 남방적 환경의 구현체가 아닐 수 없다.

정황이 이러하고 보면, 오늘의 화두인 대금 음악은 두말할 나위 없이 대나무가 자생할 수 있는 온화한 기후의 남방계 음악임을 알 수 있다. 대금의 음색이 그토록 부드럽고 온화한 배면의 내력도 여기에 있다고 하겠다. 화사한 햇살과 온유한 기후를 머금고 자란 죽관이, 역시 심성이 어질고 착한 민초들의 손길을 거치면서 명기로 탄생된 것이 바로 대금이 아닐 수 없다.

이처럼 한국의 기후풍토와 한국인의 어진 심성이 어우러져 빚어낸 두어 척 남짓의 죽관에 생명의 숨결을 불어넣으며, 젓대와 본인이 하나 되어 한 시대의 애락을 위무해 온 사람이 있다. 바로 대금의 이생강 명인이다. 무릇 세상사란 의지와 노력으로 성취할 수 있는 일이 많다. 하지만 예술의 경우는 의지와 노력만으로 대가의 경지에 이르기는 쉽지가 않은 것 같다. 남달리 타고난 바탕이 있어야 가능하다고 하겠다.

이생강 명인은 주위 평판대로 타고난 소질이 있는데다, 초지일관하는 끈기와 노력 또한 남다른 바가 있다. 그동안 그에게 붙여져 온 명성은 결코 우연이나 허명이 아니고 예술적 자질과 노력이 직조해 온 필연적 결실이라고 하겠다.

그의 젓대 음악은 그동안 암울한 시대의 아픔을 달래 오며 우리 생활 속에 포근한 서정의 앙금을 쌓아왔다. 특히 지난 세기 후반 내내 왕성한 활동을 통해 대중의 심금을 달래가며 한국 음악계, 특히 관악 음악에 기여한 몫은 가히 독보적이었다 해도 과언이 아니다. 산업사회의 메마름도 그의 장인기匠人技적 젓대가 있어서 윤기가 흘렀고, 정치적 · 사회적 번뇌도 그의 자상한 가락이 있어서 한결 위안이 되었다. 그만큼 이생강 명인의 대금 음악이 음악계는 물론 우리 삶에 끼친 공헌은 분명 예사로운 일이 아니었다.

# 노래로 그려 낸 한 시대의 풍속사

★

**이은주 명창**

민요를 대하게 되면 우선 미더운 마음이 앞선다. 공연한 인위적 가식을 앞세우지 않으니 절로 믿음이 간다. 재주를 앞세워 꾸미기에 급급한 작금의 현란한 음악들에 비하면, 태생적으로 민요의 체질은 다르다. 아마도 저만큼 농본사회 민초들의 진솔한 삶을 모태로 했기 때문일 것이다.

대부분의 민요는 만든 사람을 알 수 없다. 경위야 어떻든 이 또한 여간 겸손한 덕목이 아닐 수 없다. 다투어 양명揚名에 급급한 주변의 세태에 비하면 차라리 민요의 겸양은 은자隱者나 군자의 품도에 다름 없다고 하겠다.

뿐만이 아니다. 민중들의 일상 속에서 자연발생적으로 발효돼 나온 민요 속에는 형형색색의 삶의 편린들이 보석처럼 박혀 있다. 주제나 형식의 틀 속에 매인 현대 노래들과는 달리, 민요 가사는 창자의 악흥에 따라서 비교적 자유롭게 소재와 글귀를 다양하게 취택해 온다. 따라서 짧은 민요 한 곡 속에도 그만큼 다양한 민속의 단면들이 스며들기 마련이다.

경기민요 '건드렁타령'에 보면 '왕십리 처녀는 용문 산채 장사'를 나가고, '누하골 처녀는 쌈지 장사'를 나간다는 등의 가사가 보인다. 한양 서울의 시장 분포도가 선하게 그려진다. 또한 서울지방의 '맹꽁이타령'에는 이런 사설이 익살스럽게 불린다.

'동수구문 두 사이 오간수五間水 다리 밑에 울고 놀던 맹꽁이가, 오뉴월 장마에 떠내려 오는 나막신짝을 선유船遊배만 여겨, 순풍에 돛을 달고, 명기 명창 가객이며 갖은 풍류 질탕하고, 배반이 낭자하게 선유하는 맹꽁이 다섯.'

'광천교廣川橋 다리 밑에 울고 놀던 맹꽁이가 아침인지 점심인지 한 술 밥을 얻어먹고, 긴 대장죽에 담배 한 대 피워물고, 소태를 할 양으로 종로 한 마루로 오락가락 거니다가 행순行巡하는 순라꾼에 들켰구나, 포승으로 앞발을 매고 어서 가자 재촉을 하니, 아니 가겠다고 드러누워 앙탈하는 맹꽁이 다섯.'

그야말로 익살스런 사설 속에 당시 시속時俗이 그대로 농축되어 있음을 알 수 있다.

대표적인 경기민요 창부타령 가사 중에는 각양각색의 사랑의 뉘앙스들이 파노라마처럼 펼쳐지기도 한다.

'사랑 사랑 사랑이라니 사랑이란 게 무엇인가. 알다가도 모를 사랑 믿다가도 속는 사랑. 오목조목 알뜰 사랑. 왈칵달칵 싸움 사랑. 무월삼경 깊은 사랑. 공산야월 달 밝은 데 이별한 님 그린 사랑. 이내 간장다 녹이고 지긋지긋이 애탠 사랑. 남의 정만 뺏어 가고 줄 줄 모르는 얄민 사랑. 이 사랑 저 사랑 다 버리고 아무도 몰래 호젓이 만나 소곤소곤 은근사랑.

이쯤 되면 민요는 한갓 귀에 즐거운 소리에 불과한 것이 아니다. 한국인들의 공통된 정서가 배어 있고, 한 시대의 풍조가 담겨 있다. 그러고 보면 민요는 소리로 전승되는 우리의 소중한 구비문화口碑文化요 살아 있는 풍속사風俗史임에 분명하다.

이 같은 각별한 의미망을 지닌 민요의 맥을 지켜 내린 예인들의 시대사적 위치란 여간 고마운 상찬의 대상이 아닐 수 없다. 문화 환경이 바뀌고 생활 양식이 바뀜에 따라서 고전적 의미의 정통민요가 발붙일 터전이 점점 좁아지고 있는 현실을 감안하면 더더욱 그러하다.

이은주 명창은 20세기 후반의 민요계를 선도해 온 뛰어난 명창이다. 특히 청아하고도 명료한 성음은 경기민요의 진수를 담아내기에 안성맞춤이었고, 단정하고도 세련된 가창력은 만인의 감성을 자신의 의중대로 휘어잡기에 충분했다. 그만큼 이은주 명창의 소리 세계는 투명하고 청초하며, 섬세하고 미려하다.

# 가야고 음악의 경중미인

★

**이재숙 교수**

고색창연한 한국의 대표적인 현악기를 꼽는다면 어떤 악기가 될까? 두말할 나위 없이 거문고와 가야고일 것이다. 그만큼 이 두 악기는 역사도 깊으려니와 장구한 세월을 관통하며 늘 당시대인들과 호흡을 같이하고 애환을 공유해 왔다.

기실 거문고와 가야고는 한국 전통음악을 살찌워 낸 두 개의 큰 물줄기며, 뭇사람들의 감성이 조탁해 낸 아름다운 문양의 쌍벽임에 분명하다. 그뿐이랴. 거문고나 가야고에는 악기라고 하는 한낱 소리를 내는 도구 이상의 설화가 있고 환상이 있고 아우라가 있다. 한마디로 청각에 울리는 '음악' 이상의 '문화'가 있다.

우선 두 악기의 연륜을 떠올려 보자. 거문고는 멀리 씩씩한 기상의 고구려까지, 가야고는 황금의 나라로 알려졌던 신라까지 그 뿌리가 닿아 있다. 줄잡아도 천여 년의 세월이 흘렀다. 이 기간 동안의 우리 역사를 되돌아보자. 파란만장의 파노라마가 펼쳐지고, 형형색색의 시대 감성이 명멸했다. 거문고와 가야고에는 바로 이 같은 천변만화의 감성과 사연과 희비가 켜켜이 이끼 되어 농축돼 있는 것이다.

거문고나 가야고 음악을 들을 때면 이내 우리 상념이 음악 자체의 미감을 벗어나 먼 역사의 뒤안길을 유영하며 깊은 정념情念에 잠기게 되는 소이연도 바로 여기에 있다. 음악을 들으면 음악의 테두리 속에만 갇히지 않고 자유자재로 상념의 산책을 나설 수 있는 형이상의 역사공간이 있다는 사실, 어쩌면 그 점이 곧 전통이라는 개념 자체이자 전통음악의 특징이요 본령이며, 우리 미의식을 증폭시키는 기제機制라고 하겠다.

아무튼 전통악기의 연주를 들으면, 나는 그 음악과 더불어 악기의 발자취에 투영된 시대상과 시대 정서를 함께 그리며 듣는다. 말할 나위 없이 느낌이나 상상의 진폭이 무한대로 확충된다.

일반적인 통념처럼 가야고는 확실히 여성적인 악기다. 중후하고 둔탁한 거문고 소리가 남성적이라면, 청초하고도 낭창스런 소리의 가야고는 섬세하고도 온유한 여인의 모습을 닮았다. 술대로 대모玳瑁 판을 내려치는 웅혼함이 강건한 양陽의 세계에 흡사하다면, 섬섬옥수로 열두 줄을 넘나드는 우아함은 만물을 포용하는 온후溫厚한 음陰의 속성임에 분명타고 하겠다. 조선시대만 해도 거문고는 주로 문방사우가 갖춰진 근엄한 선비방에서 탄주되었으며, 가야고는 이끼 낀 담장 너머 그윽한 고가의 경중미인鏡中美人의 규방에서 연주돼야 제격이었다.

가야고와 경중미인! 참으로 절묘한 궁합이 아닐 수 없다. 정갈한 가야고 음악의 진수를 한 폭의 영상으로 형상화해 낸다면 경중미인이라는 말 외에는 달리 표현할 도리가 없을 것이다. 여기 지금도 널리 불리는 여창 가곡 한 수를 떠올리며 음미해 보자. 춘매春梅의 암향을 타고 피어오르는 임에 대한 그리움과, 만나지 못하는 고적한 애상哀傷이 엎치락뒤치락 뒤섞이며 금상첨화의 기다림의 미학을 직조해 내는 계면조 이삭대엽의 그 아릿한 서정의 가사말이다.

> 언약言約이 늦어지니 정매화庭梅花도 다 지거다
> 아침에 우던 까치 유신有信타 하랴마는
> 그러나 경중아미鏡中蛾眉를 다스려 볼까 하노라

바로 이 지점에서 나는 새로운 사실 하나를 알아채게 된다. '가야고와 경중미인'이라는 가야고 음악의 상징 어휘를 클릭하자, 내 뇌리의 망막에는 반사적으로 매은梅隱 이재숙 교수의 가야고 연주 모습이 선명하게 투영된다는 사실이 곧 그것이다.

음악과 천성과 교단의 이력 등을 감안해 볼 때, 확실히 이재숙 교수와 가야고는 혈통이 유사한 천생연분일시 분명하다. 그만큼 양자간에는 정서가 같고 뉘앙스가 같고 정체성이 상사相似하다. 사근사근 자상한 속삭임이 닮았다. 투명한 창가에 놓인 난초처럼 정갈하고 단정함이 닮았다. 상대의 희로애락을 살뜰히도 보듬어 주는 따듯함과 자애로움이 닮았다. '당'줄을 뜯으면 당으로 울리고 '징'줄을 튕기면 징으로 울어 주듯, 우여곡절 인생살이 굽이마다 늘 밝은 웃음과 진정어린 배려로 이웃 주변을 챙겨 주는 살뜰한 고마움이 또한 빼닮았다.

# 소중한 문화지킴이 한국정가단

★

**이준아 가객**

전통문화와 외래문화가 충돌하고 갈등하며 융합의 길을 모색해 오던 20세기를 거치면서 나는 절실하게 터득한 진리 하나가 있다. 강남의 귤이 회수淮水를 지나면 탱자가 되듯 문화에도 예술에도 신토불이身土不二라는 공리公理가 통한다는 사실이 곧 그것이다.

지구촌의 이웃들이 똑같은 조건과 유사한 생활양태로 살아가고 있지만, 각기 민족 간에는 서로 다른 DNA를 지니고 있듯이 각 민족이나 지역 간의 문화예술에도 각기 다른 고유성이 있다. 나는 그 같은 고유성을 일러 종종 '문화의 원형질이니' 혹은 '문화적 DNA' 니 하는 말로 불러보기도 한다.

한국 음악 속에는 한국적인 기후풍토나 한국인의 기질 등이 얼키고 설키며 배양시켜 온 한국 음악 고유의 유전질이 있다. 그 같은 한국 음악 특유의 유전질, 다시 말해서 한국 전통음악의 DNA 중의 하나를 꼽으라면 나는 서슴없이 전통가곡, 즉 정가正歌를 내세우고 싶다. 그만큼 정가는 한국 음악의 특수성은 물론, 전통문화의 개성을 통합적으로 함축하고 있는 장르다.

이처럼 소중한 문화유산인 우리 정가임에도 불구하고, 근래에 와서는 극성하는 상업주의적 부박한 시류에 밀리면서 눈에 띄게 생기를 잃어가고 있다. 국악계로 보나, 정부 당국의 문화정책 차원에서 보나, 천려일실千慮一失의 안타까운 일이 아닐 수 없다.

역사나 문화는 어쩌면 소수의 선각자적 소신에 의해 이어져 가고 있는지도 모른다. 판소리도 그랬고, 산조 음악도 그랬으며, 여기 정가 또한 예외가 아니다. 특히 대중적 환호와는 거리가 먼 정가 분야는, 그야말로 고독한 예술적 소신이 남다르지 않고는 평생의 업으로 매진해 가기 힘든 장르다.

이 같은 조야한 여건 속에서도 정가의 맥을 오롯하게 이끌어 가고 있는 가객이나 단체가 있다면, 마땅히 우리는 그들에게 격려와 존경의 박수를 보내지 않을 수 없을 것이다. 바로 중견 가객 이준아가 이끄는 한국정가단은 그 같은 칭송의 대상임에 틀림없다. 여창 가곡으로 명성을 굳힌 이준아의 탄탄한 내공이나 음악성도 범상치 않으려니와, 본인이 주역이 되어 창단한 한국정가단의 공연 경력 또한 주목의 대상이 아닐 수 없기 때문이다. 특히 가곡의 법통을 충실하게 재현하기도 하고, 때로는 새로운 가사에 가곡풍의 옷을 입혀서 참신한 경지를 펼쳐 내기도 하는 유연한 음악관은 가곡 음악의 맥을 통시적으로 이해하고 파악하는 열린 예술관의 소치가 아닐 수 없다. 8회째 정기공연을 축하하며, 한국정가단의 활동에 박수를 보낸다.

# 노래와 인품이 교직된 경기민요의 대가

**이춘희 명창**

전통민요 중에서 가장 대중적인 노래는 아마 경기민요일 게다. 많이 회자되다 보니 우선 부르기가 쉽고, 가락이나 곡상이 살갑고 경쾌하며 청아하다. 경기민요의 늴리리야나 창부타령을 서도민요의 수심가나 남도민요의 육자배기 등과 비교해 보면 이내 그 차이점을 느낄 수 있다. 아무튼 만인이 부담없이 즐길 수 있는 민요는 경기민요가 아닐 수 없다.

한편 대중적인 노래는 쉽게 공명되는 정서적 감응이 뛰어남에도 불구하고, 자칫 진중한 감성의 여운을 잃기 십상이다. 경기민요가 갖는 태생적 한계랄까 속성도 바로 이런 점에 있다고 하겠다.

내가 이춘희 명창을 훌륭한 가객이라고 치부置簿하고 있는 까닭도 다른 게 아니다. 자칫 경박해지기 쉬운 경기민요의 취약점을 그만의 속깊은 내공으로 말끔하게 균형을 이뤄 내기 때문이다. 요즘의 세태는 지나치게 경망하고 부박하다. 대부분의 예인들이 심금은 울리지 못하면서 표피적인 재주만을 팔기 일쑤다. '사람 됨됨이'라는 바탕은 닦지 않은 채 기예만을 익혀서 남에게 과시하려 든다.

수기修己를 해야 입신立身도 되고 이인利人도 할 수 있는데, 수신의 토대 없이 성급하게 과실만을 탐내는 세상이고 보니, 예술이건 학문이건 사상누각이요 일회성 거품에 불과할 때가 많다. 마음에 와 닿는 노래나 음악회가 드문 것도 이 같은 풍조 때문이다.

이춘희 명창의 소리 세계는 확실히 남다른 특장이 있다. 경기민요 특유의 신명을 끌어내면서도 진득한 무게감을 더해 준다. 낙이불류樂而不流의 품도를 느끼게 한다. 결코 숙련된 기교에서만 오는 게 아니다.

따라서 단성旦聲 이춘희 명창의 노래는 경기민요의 격을 한층 높이는 지렛대 역할을 하고 있음은 물론, 인품으로 균형을 이룬 진솔한 음악의 세계가 어떤 것인지를 명료하게 증언해 주고 있음을 알 수 있다.

# 학덕과 인품을 겸비한 음악학의 태두

★

**이혜구 박사**

속알 있는 글은 못될망정 어줍잖은 글줄은 가끔 써본 처지였는데도 막상 만당 선생에 관한 글을 써보려 하니 도무지 어떤 측면을 어떻게 언급해야 할지 엄두가 나지 않는다. 말할 나위 없이 종지만 한 식견으로 물동이만 한 그분을 거론하기에는 그분의 인품과 학문 세계가 너무도 크고 높기 때문이다.

확실히 이혜구 박사는 큰 학자요 높은 선비다. 우선 학문적인 세계로 눈길을 돌려보면 한국음악학계의 구석구석까지 그분의 학덕이 스며 있음을 알 수 있다. 이미 반세기 전인 1948년에 한국국악학회를 창립하여 전통음악의 학문적 묘포를 마련했는가 하면, 1959년에는 한국 최초로 서울대학교 음악대학에 국악과를 창설하여 국악 중흥의 기틀을 마련했다. 말이 쉬워 학회 창설이요 학과 개창이지, 당시 주객전도적인 서구 문화 중심의 시대 상황 속에서, 누구도 거들떠보지 않으며 멸시와 비아냥을 보내던 국악계를 위해 학회를 설립하고 학과를 개설하여 이끌어 왔다는 것은 여간한 선각적인 소신이요 용단이 아니다.

만당 선생의 올바른 역사 인식과 학문적 공적의 크기는 이 두 가지 사실만으로도 충분히 대변되고 실증되고 상징되는 일이 아닐 수 없다. 따라서 그분이 난해한 《악학궤범》을 번역해 내고, 심혈을 기울인 논문집들을 끊임없이 발간해 왔으며, 수시로 훌륭한 글들을 해외 학계나 음악사전 등에 영문으로 발표해 온 사실 등 구체적인 학문적 결실들을 구구히 소개하는 것은 오히려 지엽말단의 사족에 불과할지도 모를 일이다. 굳이 세세한 실적들을 열거할 필요도 없이 만당 선생은 누구나가 승복하는 대석학이요 한국음악학이라는 새로운 학문을 개척해 낸 학계의 태두다.

그런데 우리가 여기서 이혜구 박사의 학문 세계를 운위하는 입장이라면 반드시 유념해야 할 사실이 따로 있음을 알아야 한다. 외형적으로 나타나는 그분의 학문적 성과가 아닌 내면의 학문적 정신을 짚어 보는 사려 깊은 통찰력이 곧 그것이다. 한마디로 평생을 한결같이 궁행해 오고 있는 그분의 호학 기질과 철두철미한 학자적 양심을 공감해 보는 일이 바로 그것이다.

구순을 바라보는 연세에도 만당 선생은 학문적 정진을 늦추지 않는다. 주먹만 한 자루 달린 돋보기로 자료를 독파해 가며 꾸준히 논문을 써내는가 하면, 기회 있을 때마다 후학들을 모아 놓고 미진한 분야에 대한 특강을 마다않는다. 쥐꼬리만 한 지식으로 세상을 재단하려는 허세가 팽만한 세태 속에서, 귀납과 연역의 논리체계를 바탕으로 철두철미하게 한국음악학을 정립해 가는 그분의 학문 세계는 재삼 경외감을 느끼지 않을 수 없는 터다.

만당 선생의 진정한 학문적 크기는 바로 이 같은 호학 정신의 학자적 자세에 있는 것이다. 만당 선생을 만인이 우러러 마지않는 것은 비단 그분의 학문적 업적에서만이 아니다. 한 발 더 진실에 가까운 이유라면 오히려 그분의 높고 맑은 인품에서일 것이다. 우리 주변에 지식이 많은 석학들은 많다. 그러나 고매한 인격까지 겸비한 참다운 스승은 흔치 않다. 흔치 않은 정도가 아니라 요즘 같은 세태 속에서는 눈을 씻고 보아야 있을까 말까 하다.

이혜구 박사는 우리가 등불을 밝히며 힘겹게 찾아낼 수 있는 우리 시대의 드문 인격자요, 청빈한 학자 중의 한 분이다. 한마디로 학문과 덕성을 겸비한 높은 선비요 사부다. 만당 선생이 어떠어떠한 점에서 높은 인격자요 청학 같은 선비인지를 나는 필설로 예시할 수 없다. 오직 마음과 오관으로 분명히 그렇게 느낄 뿐이다.

그분을 뵈올 때마다 엄습해 오는 무형의 덕기德氣는 딱히 논리적 근거를 구체적으로 생각해 볼 겨를도 없이 우리를 압도해 버린다. 그것은 마치 난초의 향기를 표현할 수 없으되 청순하고 그윽한 분위기에 속절없이 매료되고, 봄볕의 따사로움을 설명할 수는 없되 대지에 가득한 훈기에 만물이 화육되는 경우와 다르지 않다고 하겠다.

옛글에 일창이삼탄壹倡而三歎 해도 은은한 여운이 있고 대갱불화大羹不和 해도 은근한 맛이 있다고 했는데, 바로 만당 선생의 학문과 일상생활에서 우러나는 인격의 향취도 이와 같아서 후학들에 대한 감화력은 더없이 은은하고 온화하며 가없이 막중하다. 이혜구 박사에 대한

이 같은 언설은 결코 추호의 과장도 없는 진솔한 느낌의 일단이다. 비록 나만이 아니라 만당 선생을 아는 분들은 너나없이 그분의 학문적 업적과 인품을 칭송한다.

이 같은 중론을 뒷받침이라도 하듯 몇 년 전 그분은 서울대학교 동창회에서 주는 더없이 영광스러운 상을 받기도 했다. 제1회 '자랑스러운 서울대인상'이 곧 그것이다. 10만여 명의 서울대 졸업생 중에는 그야말로 기라성 같은 인물들이 즐비하다. 권부에 군림하는 사람, 재계를 주름잡는 사람, 문화예술계를 이끌어 가는 사람, 해외에서 국위를 선양하는 사람 등 이루 헤아릴 수 없는 석학과 재사들이 줄을 잇는다.

바로 이들 고명하고 현란한 이름 중에서 서울대 총동창회는 만당 선생을 엄지의 인물로 간택하여 '자랑스러운 서울대인상' 제1회 수상자로 시상했던 것이다. 바로 이 같은 사실 하나만으로도 선생의 학문적 위상과 인격의 수위는 충분히 설명되고도 남는 일이기에 그분에 대한 더 이상의 부연은 오히려 부질없는 짓임에 틀림없다.

일찍이 지악至樂은 무성無聲이고 대음大音은 희성希聲이라고 선현들은 일러 왔다. 진실로 지극한 음악은 청각적인 현실음의 저편에 존재한다는 뜻이다. 여기 외형적으로 확인되는 만당 선생의 학문적 업적만 해도 범상함을 훨씬 뛰어넘는다. 그러나 그분이 진실로 이 시대의 큰 학자요 높은 선비이자 우리 모두의 사표師表인 이유는 그 같은 외관적이며 일상적인 공업에 있는 것이 아니라 어쩌면 그 같은 즉물적인 지평을 뛰어넘는 고답적인 차원의 청징하고도 고매한 학자적인 정신과 선비적인 기풍에 있는 것이라고 하겠다.

# 심금을 통겨서 노래하는 국민 가객

## 장사익 가걸歌傑

세상에는 노래를 잘하는 사람들도 참 많다. 노래방 풍경을 보면 전업가수 뺨치게 노래를 잘하는 사람이 한둘이 아니다. 자고로 우리 민족은 가무음주가 뛰어났다는 이웃나라의 기록도 있고 보면 당연히 그럴 만도 하다. 하지만 그 잘한다는 노래들을 보면 대부분 천편일률적이고 서로 오십보백보다. 개성은 뒷전으로 한 채 기존 창법이나 감정을 그대로 되풀이할 뿐이다.

그런데 이 같은 노래 세상의 관행과 타성을 통쾌하게 무너뜨리고 혜성처럼 나타난 소리꾼이 있다. 바로 만인의 심정을 따뜻하게 보듬어 주며 풍진세상의 애락을 영혼에 실어 위무해 주는 장사익이 곧 그 주인공이다.

나는 장사익의 노래를 참 좋아한다. 아마도 한국사람치고 그의 노래를 좋아하지 않는 사람은 없을 것이다. 장사익의 노래가 있는 곳이면 어데를 가도 열광이요 환호 일색이다. 그러면 만인이 하나같이 그의 노래를 좋아하는 원인은 무엇일까. 백인백색의 답이 있겠지만, 나는 그 뛰어난 소리꾼의 노래를 이렇게 이해하고 있다.

우선 장사익의 소리 빛깔은 소탈하고 털털하다. 목구멍에서 얄팍하게 꾸며내는 가화假花 같은 여느 가수들의 노래와는 아예 차원이 다르다. 전통음악으로 비유하자면 선비계층이나 지체 있는 양반들이 즐기던 정가正歌 계통의 투명한 음색이 아니고, 짚방석에 앉아 막걸리잔 기울이며 흙과 더불어 살아가던 소박한 민초들의 분신이랄 판소리적 성색이 곧 그것이다. 소리색은 평범해 보여도 그 소리 세계는 천상천하유아독존이다.

정성을 들여 갈고 다듬는다는 뜻의 절차탁마切磋琢磨라는 옛말이 있다. 옥이나 상아 같은 것을 대충 잘라내고 쪼아내는 것이 절切과 탁琢이며, 이를 더욱 정교하게 갈아 다듬는 것이 차磋와 마磨다. 한마디로 초벌작업이 '절탁'이고, 정치하게 가다듬는 과정이 '차마'다. 바로 장사익의 성음은 여기 절차탁마에서 초벌작업에 해당하는 절탁의 경지에 비견될 수 있다고 하겠다. 그만큼 그의 성색은 성긴 듯 투박하면서도 언제 어디서나 따듯한 온정을 느끼며 교감할 수 있는 보석 같은 질박함이 배어 있다.

그런데 알고 보면 그것도 아닌 것 같다. 소리꾼 장사익이 언제 목소리로 노래하던가? 그는 결코 목청으로 노래하지 않는다. 따라서 그의 노래를 두고 성음이 어떻고 하는 얘기들은 모두 겉만 보고 떠드는 자의적인 설왕설래일 뿐이다. 내 말이 틀린 건지 그의 노래를 조용히 음미해 보라. 그는 분명 성색을 앞세워 노래하지 않고, 혼으로 소리를 낸다. 혼과 몸으로 노래하는데 성대를 이용할 뿐이다. 그의 노래가 만인의 마음속 거문고 줄을 그토록 절절히 울려내는 사연도 바로 여기에 있다. 우여곡절의 인생 역정을 거치면서 깨치고 터득한 인간 본연의 순수무구한 정서의 본령을 영혼의 혼줄로 토해 내는 것이다.

아무튼 장사익의 소리가 있어 우리는 행복하고 우리 시대 역시 그나마 살맛 나는 따뜻한 온기를 이어가고 있다. 한마디로 우리 시대의 명가객이자 고마운 은인이 아닐 수 없다.

나는 1996년 현충일부터 지금까지 매년 현충일이면 '비목문화제'의 이름으로 호국영령들을 위무하고 기리는 일종의 진혼예술제를 개최해 오고 있다. 그때마다 내로라하는 여러 음악가들이 출연해 왔는데, 20여 년이 넘는 세월이다 보니 장사익 또한 이 행사에 참여한 예가 한두 번이 아니다. 응분의 사례도 못해 온 처지여서 지금도 민망하고 한편 고맙기 짝이 없다.

어느 해였던가, DMZ가 멀지 않은 평화의 댐 북한강 강변에서 현충일 진혼예술제를 거행할 때였다. 그날 장사익은 그 특유의 호소력 있는 창법으로 '찔레꽃'을 불렀다. 초여름 햇살이 눈부신 나른한 오후였다. 찔레꽃 가락은 육중한 침묵의 녹음 속으로 파고들며 조국을 위해 산화한 옛 전쟁터의 혼령들을 일깨워 불러냈다. 신록처럼 싱그럽던 못다 핀 인생의 꽃망울들은 우줄우줄 춤을 추며 현신現身했고, 이승의 군중들은 고요한 묵상 속에 잔잔히 밀려드는 비감悲感을 가슴으로 삼키고 있었다.

# 동편제와 서편제를 아우른 소리꾼

★

**정광수 명창**

내 뇌리에 각인된 명창 정광수의 이미지는 서너 가지로 요약된다. 우선 판소리의 양대 산맥인 동편제와 서편제를 아우른 소리꾼이라는 점이다.

정 명창은 김창환으로부터 춘향가와 흥부가를 익혔다. 서편제의 법통을 깨우친 것이다. 그리고 유성준으로부터는 수궁가와 적벽가를 전수했다. 동편제의 소리맥을 이어받은 것이다. 물론 웬만한 명창이라면 동과 서를 넘나들며 소리를 익히는 게 상례이기도 하다. 그러나 정 명창의 경우는 일상적인 예와는 유와 격이 다르다고 하지 않을 수 없다. 수학 연한으로 보나 사사한 스승들의 면면으로 보나 가히 정통 중의 정통이랄 양수겸장의 명창으로 사료되기 때문이다.

정광수 명창은 어려서부터 서당 공부를 해 한학에도 깊다. 옛날로 치면 비가비 명창인 셈이다. 판소리 사설에는 고사성구가 많고 한문에서 유래하는 낱말들이 부지기수다. 따라서 한학에 깊지 않고는 판소리 사설의 온전한 이해가 불가능하다. 실제로 명창들의 소리를 들어보면, 한문 투의 가사를 정확히 이해하지 못하고 노래하기 때문에 실감 있는 맛을 내지 못함은 물론, 때로는 엉뚱하게 왜곡된 발음을 해서 실소를 자아내게 하는 경우도 종종 있다. 이 같은 현실을 감안할 때 정 명창의 한학 수학은 분명 남다른 장점임에 틀림없고, 그만큼 자신의 판소리 음악의 완성도에도 크게 작용했음이 사실이라고 하겠다.

음악 외적 얘기가 될는지 모르지만, 정광수 선생이 걸어온 생활 반경 또한 개성적인 면이 많다. 정 선생은 광주 지역에서 주로 활동해 온 명창이다. 얼핏 대수롭지 않은 일 같지만, 나는 그것을 높이 평가한다. 대다수 사람들이 이해득실을 따라서 부화뇌동하는 세태에 보기 드문 예술가적 소신을 만나는 느낌이기 때문이다.

특히 20세기 후반의 우리 사회 풍조가 그랬듯이, 국악계의 명인 명창들도 너나없이 서울로 모여들었다. 중앙집권적인 문화구도나 산업사회의 도회적 매커니즘으로 볼 때 어쩌면 당연한 추세들이었다고 할 수 있다. 그러나 정광수 명창만은 세태를 추종하지 않았다. 소위 출세에도 명성에도 불리하기 마련인 지방을 고집하며 소신 있는 음악 활동을 솔선해 온 것이다. 세속을 한 수 밑으로 보는 인상적인 예인의 개성이요 소신이 아닐 수 없다.

그러고 보면 정 명창의 소리 세계는 중용과 조화의 예술정신을 바탕으로 우리 시대의 소중한 미적 정서와 판소리 음악의 덕목을 직조해 가는 독보적인 위치임에 분명타고 하겠다. 중앙 중심의 인력권에서 벗어나 문화의 지방화를 실천했으니 시대적 균형감각을 선각했다고 하겠고, 결코 쉽지 않은 한학과 소리 공부를 겸비했으니 금상첨화의 예술적 조화를 꾀한 셈이라고 하겠으며, 전문분야인 판소리의 양대 계보를 두루 섭렵했으니 가히 음악적 중용과 조화와 균형을 구존했다고 하겠다. 정 명창의 음악적 격조와 예술적 개성이 유난히 돋보이는 이유도 바로 이 점에 있다고 하겠다.

# 피리로 세상을 보듬어 온 외곬 인생

★

**정재국 명인**

저만큼 어린 시절만 해도 그랬다. 우수 경칩을 지나 따사로운 양광陽光이 동토를 녹이고 나면, 제일 먼저 봄 기지개를 켜는 것은 뽀얀 솜털을 곧추세우는 냇가의 버들개지들이었다. 초목들 중에서 제일 먼저 봄물이 오르는 것도 버드나무이고, 가을 낙엽 때 제일 늦게까지 잎을 달고 있는 나무도 개울 둑가의 버들이었다. 한마디로 끈질긴 생명력을 상징하는 수종이었던 셈이다.

그래서인지 지난날 농본사회에서는 생명의 계절 봄철이 되면 물오른 버들가지를 꺾어서 호드기를 만들어 불며 찬란한 봄의 정취를 구가하곤 했다. 동장군의 한기가 채 가시지 않은 농촌마을에 울려 퍼지던 호드기 소리는 더없이 청초하고도 싱그러웠다. 그것은 순수무구한 민초들이 어우러지던 한 시절 마을 인심의 적나라한 표출이자 소생하는 만물의 환희의 울림임에 분명했다.

피리는 이처럼 태생적으로 우리 고유의 정서적 텃밭에서 생명의 용트

림으로 잉태되고 자라왔다. 이것이 곧 피리가락 속에 유난히 끈끈한 서정과 함께 오월의 신록과 같은 싱싱한 생명의 질감이 일렁대는 소이연이다.

근래의 피리 음악에서는 좀해서 생기가 꿈틀대는 살아 있는 소리를 접하기가 쉽지 않다. '산 절로 수 절로 산수간에 나도 절로' 라던 천인합일적인 문명을 등진 생활 환경 탓도 크지만, 한편으로는 음악을 한갓 재간이나 기교로만 인식한 채 삶의 근원적인 문제들을 간과하는 데서 오는 허물도 적지 않다. 훌륭한 음악이란 천지만물과 더불어 조화와 화목和睦을 이루는 것〔大樂與天地同和〕이라고 했거늘, 어찌 좋은 음악이 혼불 없는 재주부림만으로 이루어질 수 있겠는가.

나는 피리 음악의 정통을 생각할 때면 으레 정재국 명인을 떠올린다. 우선 수수백년을 이어온 국립국악원 피리 음악의 정수를 이어가는 소중한 존재라는 점에서도 그렇고, 반세기여에 걸친 숱한 국내외 연주를 통해 피리의 특장과 본령을 여실하게 대변해 온 공적에서도 그러하며, 나아가서는 음악을 예술의 울타리 속에만 가두지 않고 사람 되게 하는 인간 완성의 차원으로 연계시키는 자세에서도 또한 그러하다.

뿐만이 아니다. 정재국 명인의 음악은 만인의 가슴을 공명시킨다. 무미건조한 물리적 진동에 의한 공명이 아니라, '무기교의 기교'랄 노련한 기예와 피리 고유의 음질인 싱그러운 활기를 뿜어내는 역동성과 생명력에 의한 심금心琴의 공명이다. 일이관지一以貫之의 내공과 경륜과 예지가 없이는 어림없는 일이 아닐 수 없다.

정재국 명인의 음악에서는 조선조 말엽 대금으로 양명한 정약대 명인의 일화와 같은 공력의 앙금이 배어난다. 그래서 그의 피리 음악에는 감흥이 있고 공감이 있고 생명에 대한 긍정의 희열이 있다.

정재국 명인을 지렛대로 삼아 피리 음악계에 일진청풍의 신선한 변화의 바람이 불었으면 좋겠다. 후학의 입장에서는 정재국 명인의 피리 인생을 사표로 삼아 청출어람靑出於藍의 대성을 다짐하는 전기가 되고, 무미건조한 음향들이 횡일橫溢하는 한국의 악단에는 가산笳山 정재국 명가名家의 음악처럼 농익은 시정詩情과 활력이 훈풍에 봄물 오르듯 풍윤하게 차오르는 계기가 되면 우리 모두의 속 깊은 즐거움이 될 것이다.

# 영년퇴은이 유발하는 무정세월

★

**조운조 교수**

소암素庵 조운조 교수가 벌써 정년을 맞았다니, 세월의 속절없음이 다시 한번 새삼스러워진다. 특히 곱살한 인상의 조 교수도 영락없이 노인세대로 편입된다는 사실 앞에 서고 보니 마치 화개화락의 덧없는 세상살이를 곱씹는 듯싶어 절로 마음이 공허해지기도 한다.

나의 뇌리에 각인된 조 교수의 이미지는 우선 매사에 부지런하고 적극적이었다는 점이다. 나 역시 인생을 비교적 폭넓게 적극적으로 살아왔다고 자임하는 처지이기에, 바로 이 같은 조 교수의 진취적인 삶의 자세에 내심 많은 공감대를 느끼곤 했다.

여기서 세세하게 나열할 필요도 없겠지만, 그동안 조 교수는 교육자로 연주가로 문필가로 사회활동가로 누구보다 폭넓은 인생을 살아왔다. 이 같은 행적은 물론 조 교수의 인생관에 기반한 삶의 유형이었겠지만, 다른 한편으로는 주변에서 그를 그만큼 필요로 했다는 반증임과 동시에, 또한 조 교수가 그만큼 남다른 능력을 갖추고 있었다는 명백한

증거이기도 하다.

조운조 교수가 한국 음악계에 참 좋은 업적을 남겼다고 생각되는 일 중에서, 나는 무엇보다도 한국정악원의 맥을 이어온 것을 높이 사고 싶다. 정악원에 열정을 쏟은 일은 누가 뭐래도 역사의 맥을 잇는 일이었다. 통시적인 역사의식이 앞서지 않고는 될성부른 일이 아니었다. 그 일을 조 교수는 묵묵히 해냈다. 한편 모르긴 해도 조 교수의 체질이나 품성은 '정악적'이지 않나 싶다. 물론 내가 겪은 이심전심의 주관적 느낌이다.

과연 정악이란 무엇일까. 작게는 조선조 5백년을 뻗어내렸고, 넓게는 유교사상의 근간으로 수수백년을 풍미하며 시대적 이데올로기로 기능했던 정악禮樂이란 과연 무엇인가. 우선 음악적으로는 《논어》의 낙이불음 애이불상樂而不淫 哀而不傷, 즉 우륵의 표현을 빌리면 낙이불류 애이불비樂而不流 哀而不悲의 경계가 아니던가. 한마디로 그것은 곧 유학의 핵심사상이랄 중용의 세계가 아니던가.

이렇게 볼 때 조운조 교수는 영락없이 정악적인 인물임을 공감하게 된다. 그의 인품에서 스며나는 인간적 따듯함도 그러하거니와, 특히 내게는 그 수다한 일들을 소화해 가면서도 자신의 소신을 견지해 가는 항상성恒常性이 유달리 눈에 띄기 때문이다.

조 교수의 그 같은 인생 행로를 지켜보며 문득 윤집궐중允執厥中이라는 어휘를 떠올리지 않을 수 없다. 학자로 예술가로 다양한 삶을 살아가면서도 한결같은 인상과 처세와 평판을 잃지 않고 있는 그 굳건한 내면의 신념은 곧 천변만화의 세파를 겪으면서도 중심을 잃지 않는 수시처중隨時處中의 의연함이 없이는 불가능한 일이기 때문이다. 바로 이 같은 맥락에서 조 교수의 품성은 다분히 정악적이요 예악적이라는 표현이 걸맞지 않을 수 없다.

소암 조운조 교수가 드디어 대학교수직을 졸업한다. 서양에서 졸업commencement이라는 말은 '시작'을 뜻한다. 하나의 단원을 마침과 동시에 다음의 새로운 단원으로 이행하는 것을 동시에 함축하고 있다. 대나무도 생육하면서 마디節를 하나 만들고, 그 마디를 발판으로 다시 쭉 뻗어나간다. 삼라만상 대자연의 이치다.

소암 선생도 이제 영년퇴은盈年退隱이라는 하나의 옹골찬 인생의 마디를 만들었다. 이 소중한 마디 다음에는 다시 제2의 광활한 인생 드라마 무대가 펼쳐져 있다. 2모작 인생 드라마에서도 성실하고 존경받는 주인공으로 명연기를 해내길 고대한다.

# 놀이마당문화의 파수꾼

★

### 지운하 명인

전래의 마당놀이가 지니는 역사적 의미나 사회적 기능은 여간 막중한 게 아니다. 역사적으로 보아도 마당놀이만큼 연륜이 깊은 장르가 없다. 정악도 그렇고, 판소리도 그렇고, 제례악도 그렇고, 모두 후대의 공연물들이다.

그러나 마당놀이는 이미 삼국시대부터 생활화되어 왔으니, 역사적으로도 전통예술의 종가가 아닐 수 없다. 신라 말 최치원의 한시 대면大面이나 산예狻猊 등에서 확인할 수 있듯이, 이미 당시에 사자놀이나 탈춤놀이 등이 신라 사회에 깊숙이 뿌리내리고 있었다.

사회적으로도 전래의 마당놀이는 민중생활의 에너지요 생명소로 작용해 왔다. 묘기와 익살과 신바람으로 민중의 애환을 달래 왔고, 집단적 놀이를 통해서 분출되는 활력은 낙천적 · 긍정적 사회 발전의 추동력이 되었다. 그만큼 마당놀이는 삶과 문화와 동의어로 기능하며 전통문화의 원형질이 되어 왔다.

이처럼 전통예술의 중심 영역이었던 마당놀이가 20세기 후반에 와서는 서서히 주변 예술로 밀리며 빛을 잃어가고 있다. 무엇보다도 분석적 서구 문화의 유입 때문이다. 야외적 · 즉흥적 신명의 예술이, 실내적 · 규격적 서구의 공연 형태 속으로 편입되면서 생기를 잃기 시작했다. 무엇보다도 서양의 분석적 잣대로, 하나의 뭉뚱그려진 생명체라고 할 '마당놀이'를 음악적인 요소, 무용적인 요소, 연극적인 측면, 문학적인 측면 등으로 분해해서 접근하는 바람에 그 고유한 활력과 상호 통합적 생명력이 망실되고 만 것이다.

여하간 마당놀이 문화는 시대적 추이나 유행의 물결에만 내맡겨 놓을 일이 아니다. 앞서 언급했듯이 그것은 한낱 놀이와 예술 차원의 문제만이 아니다. 우리 민중적 삶의 에너지나 문화 발전의 잠재력과도 직결된 문제다. 대중적 안목도 이 점을 간과해선 안 될 것이고 국가적 정책도 여기에 착안해야 마땅한 일이다.

여러 가지 상황을 감안할 때 지운하池雲夏의 예인적 발자취는 여간 의미 있고 소중한 게 아니다. 명멸하는 마당놀이의 명맥을 묵묵히 지켜 오며 역사를 이어가는 이도 그이며, 남다른 소신과 열정으로 마당놀이 예술의 개화에 앞장서는 이도 곧 그이기 때문이다.

지운하는 이미 어려서부터 남사당패의 법구잽이로 뛰면서 마당놀이의 본질과 속멋을 속속들이 익히고 체화했다. 선천적 소양 없이 장성해서 기예를 익힌 재인才人들과는 본질적으로 연희演戲의 질이 다르다. 지 명인은 평생을 그 바닥에서 땀 흘린 사람이다. 누구나 남의 성취를 감상하기는 쉽지만, 그 성취가 있기까지의 세월을 이해하기는 쉽지 않다.

하지만 지운하의 공연 앞에서는, 우리 모두 무대 위의 성취와 함께 그의 족적에 배어 있는 인고의 시간들을 공유하며 공감해야 할 것이다. 그래야만 그늘진 분야의 예술을 지켜 온 뚝심 있는 예인들의 소중함을 이해하게 되고, 그래야만 수다한 전통예술의 뿌리며 모체라고 할 마당놀이 예술의 중흥이라는 시대적 현안을 실감하게 되겠기 때문이다.

지운하의 의미심장한 무대공연을 재삼 축하하며, 이번 공연을 계기로 국립국악원에 대중적 소망을 대변해 갈 어엿한 전통연희단이 태어나서 우리의 살맛을 좀더 높여 줬으면 하는 꿈도 함께 꾸어 본다.

# 한국전통음악연구회의 창단

★

**최경만 명인**

몇 해 전 프랑스 아비뇽 축제 총감독인 다르시에가 방한했었다. 축제 기간에 한국의 전통예술가를 초청하기 위해서였다. 그는 비디오나 실연實演을 통해 정악합주며 무용이며 무속이며 여러 장르를 살펴봤다. 그때 그는 이매방의 승무를 보고, 저것이 어떻게 전통이냐고 했다. 미국의 전위무용가 머스 커닝햄을 능가하는 '현대'라고 했다. 그 말을 들은 나는 충격이 아닐 수 없었다. 진부하리만큼 늘 보는 승무가 아방 가르드적 현대성을 갖췄다니 놀랍기 그지 없었다.

문화가 다르면 미적 안목도 다르고 가치관도 다르다는 사실을 그때처럼 깊이 실감한 적이 없었다. 제 나라에서 홀대받는 국악이 나라 밖에만 나가면 생각외로 상찬賞讚을 받는 이유도 퍼뜩 알만 했다.

그때 일을 계기로 나는 학생이나 후학들에게 소신처럼 되뇌는 말이 있다. 나라 밖의 광활한 세계를 활동무대로 설정하라는 당부가 그것이다. 답답한 동굴 속에만 갇혀서 자기를 알아 달라고 칭얼거릴 일이 아니다. 밖을 보면 쌍수로 환영할 드넓은 무대가 있다. 마침 시대의 조류도 다채로운 개성을 존중하며 다원적인 가치관을 추구하는 세상으로 진입했다. 한국 음악 특성이 세계 속의 개성으로 자리매김될 수 있는 지평과 개연성이 그만큼 확대된 것이다. 야망을 품고 정진하는 이들에게는 정말 신나는 문화 환경이 기다리고 있는 것이다.

20세기 내내 인도 음악가들이 동양 음악의 대명사인 양 지구촌을 누비고 다녔다. 어려서부터 익힌 공용어인 영어로 자신들의 음악을, 서서히 동양에 관심을 기울이기 시작한 서구인들에게 적극적으로 설명하고 다녔기 때문이다. 우리에게 좋은 타산지석他山之石이 아닐 수 없다.

이처럼 다기화돼 가는 국제 상황과 국악의 함수관계가 새삼 머리에 맴돈 것은, 마침 범상치 않은 공연 소식을 접했기 때문이다. 튼실하게 내실을 다진 인재들의 모임인 '한국전통음악연구회'가 세밑에 선보일 창단 음악회가 그것이다.

우선 많은 분야의 단체들이 모여서 하나의 모임체를 구성했다는 점이 각별해 보인다. 중견 연주가들이 무언가 시대적 조류를 실감한 나머지 의기투합된 것만 같아 더욱 기대가 앞선다. 이들의 젊은 패기와 음악적 열정이 하나로 응집되면 국악계에 괄목할 만한 시너지 효과를 가져올 것이다. 또한 이들의 예술적 의지가 세계로 분출되면 명실공히 한국 음악계는 새로운 전기를 맞을 것이다.

분명 이 단체는 그렇게 될 소지가 크다고 나는 믿는다. 연합체를 구성한 단체들의 면면을 보아도 그렇고, 또한 그들이 지닌 음악적 기량이나 예술적 의지 또한 예사롭지 않기 때문이다.

뿐만이 아니다. 조직의 성패는 지도자의 역량이 관건인데, 이 연합체를 이끌 최경만 회장의 인생 경륜이나 음악적 성취는 세상이 다 인정하는 바이니 더욱 그러하다.

최경만 명인은 민속음악의 산실이라고 할 국악예술학교 출신이다. 한두 살 선후배 관계이긴 하지만 훗날 국악계 중진들로 활동하고 있는 박범훈 전 중앙대 총장과 최태현 교수, 김영재 전 한예종 전통예술원 교수 등이 모두 비슷한 세대의 재사들이다.

최 명인의 전공은 피리이고 경기토리의 대가였던 고 지영희 선생의 수제자인데, 민속악 계통의 피리 연주에는 군계일학으로 뛰어난 명불허전의 고수다. 내가 국립국악원장으로 재직 당시 중평衆評에 의해 특채를 한 단원은 마당놀이의 지운하와 피리의 최경만, 딱 두 사람 명인뿐이다.

한편 최경만 명인의 배필 역시 같은 국악원 연주단원인 서도소리의 대가 유지숙 명창이다. 그러고 보니 최 명인 부부는 경서도 소리의 합작품인 셈이다. 통일의 물꼬도 이곳에서 발원했으면 얼마나 좋을까!

# 정악 가야고의 법통을 잇는 금객琴客

★

**최충웅 명인**

국립국악원에서 평생을 봉직하며 가야고 정악 음악의 법통을 이어 온 최충웅 원로사범이 자신의 음악 세계를 총정리하는 소중한 음반을 출간했다. 수록 곡목도 영산회상과 가곡만년장환은 물론 여민락, 도드리, 천년만세, 취타, 황하청, 경풍년에 이르는 방대한 내용으로 명실상부하게 정악 가야고 음악의 전 분야를 망라했다. 실로 필생의 업적으로 칭송할 경사가 아닐 수 없다.

그간 시중에는 한악韓樂 관련의 여러 가지 음반이 많이 나와 있고, 정악 음악의 경우도 예외가 아니다. 하지만 이번 최충웅 원로의 연주로 출간된 음반은, 그의 오랜 경륜에서 우러나는 난숙한 기량이나 풍진 세월을 거쳐 온 달관된 곡 해석을 미루어 볼 때, 단연 정악 음악의 표본으로 삼을 만한 군계일학의 압권이 아닐 수 없다.

따지고 보면 음악도 학문도 결국은 각자 인생을 위해서 존재하는 것이고, 또한 자기 완성을 위해 이를 연마하고 궁구窮究해 가는 것이다. 그러나 저간의 세태는 이 같은 상식적인 진리가 뒤바뀌어 있다. 인간 완성을 위한 예술이요 음악에서, 인간의 문제는 증발되고 오로지 음악을 위한 음악, 기교를 위한 예술만이 횡행한다. 한마디로 자기 완성을 위한 음악이기보다는 남에게 보이기 위한 음악에만 매몰되어 무한경쟁으로 치닫고 있다. 자연히 허세와 분식과 위선으로 포장되기 마련이며, 그만큼 지고지순해야 할 음악의 정체는 속물주의적 욕망의 도구로 전락되고 있다.

사람 됨됨이는 박덕하면서도 음악적인 재승才勝만을 앞세우며 대가연 행세하는 명사들이 지천인 세상에서, 묵묵히 음악을 통한 수기修己의 경지까지 염두에 두는 예인을 만나기란 흔치 않은 일이다.

내가 최충웅 원로의 가야고 음악에 남다른 관심이 쏠리는 까닭은, 바로 이 원로야말로 음악과 인성을 구분하지 않고 양자간의 조화와 상승 작용을 통해서 이상적인 자기 완성을 추구하는 음악가라는 심증을 평소에 지녀왔기 때문이다. 이런 의미에서 이번에 발간된 주옥같은 정악 음반들에 대한 기대와 관심이 유별함은 비단 나만이 아닐 것이다.

과연 정악正樂이란 무엇일까? 글자 뜻대로라면 '바른 음악'이란 뜻이 되겠는데, 한마디로 좋은 음악이란 의미가 될 것이다. 그러면 '좋은 음악' 은 또 어떤 음악을 지칭하는 것일까? 정답이 일치하지는 않겠지만, 우리는 역사 속에서 그 윤곽을 찾아볼 수 있다.

일찍이 신라의 우륵은 가야고 음악 열두 곡을 작곡했다. 그런데 우륵의 제자들계고, 법지, 만덕은 선생의 음악이 번잡하다고[繁且淫] 불평하며 이를 다섯 곡으로 압축하여 개작했다. 우륵은 자신의 음악을 함부로 개작한 제자들의 행위에 크게 노여워했지만, 개작된 제자들의 음악을 거듭 듣고 나서는 오히려 감탄해 마지않았다. 이때 우륵은 '즐거워도 방종에 흐르지 않고, 슬퍼도 비탄에 빠지지 않으니[樂而不流 哀而不悲]' 가히 '바르다 하겠다[可謂正也]' 라며 제자들의 개작곡을 칭송했다.

여기 우륵이 '바른 음악' 이라고 평가한 기준으로 내세운 '낙이불류 애이불비樂而不流 哀而不悲'는 일찍이 《논어》에 그 원형이 담겨 있다. '낙이불음 애이불상樂而不淫 哀而不傷'이 곧 그 원조다. 아무튼 우륵의 '낙이불류 애이불비'이건 《논어》의 '낙이불음 애이불상' 이건, 양자가 주장하고자 하는 핵심은 한마디로 과過하지도 않고 불급不及하지도 않은 중용中庸의 정서 지대를 의미한다고 하겠다. 중용과 중화의 경지가 곧 정악의 분령인 셈이다.

급변하는 시대 사조는 한국 전통음악계에도 상전벽해의 변모상을 초래했다. 감정의 절제를 미덕으로 삼았던 정악의 위상은 퇴조한 반면, 희로애락의 적나라한 표현을 기조로 하던 대중적인 음악은 날로 번창하고 있다. 이 같은 세태의 변천은 불과 반세기 전만 해도 상상할 수 없었던 경천동지할 만한 일이 아닐 수 없다.

내가 방송사 PD로 일하던 60년대 후반의 일이다. 당시 거문고의 명인 임석윤林錫胤 선생을 모셔다가 가곡 반주 음악을 연주할 때였다. 당시 임 명인은 정악곡 외에는 어떠한 음악도 거문고에 올리지 않는다고 했다. 당시에 유행하던 산조 음악은 거들떠보지도 않은 것이다. 하기사 광복 전후쯤의 기록물에서도 우리는 감정을 절절히 노출시키는 산조 음악의 대두를 개탄하는 글들을 드물지 않게 찾아볼 수 있으니, 가히 당시의 시대 정황을 짐작할 수 있다.

아무튼 세상은 바뀌어 유현심수幽玄深邃한 정감의 정악보다는 감각적이고 재기발랄한 대중적 음악이 우리 생활 주변을 풍미하고 있다. 감정을 우아하게 절제하는 것이 아니라 되도록 과장되게라도 감정을 백일하에 분출하는 것을 음악의 본모습이요 자신의 남다른 기예인 양 착각하는 예가 비일비재할 만큼, 세상은 바야흐로 감성의 노출 시대로 변모하고 있다. 따라서 음들을 아끼고 절약하지 않고 쓸데없이 남용해 가면서 되도록 자극적이고 선동적인 기법으로 듣는 이의 마음을 유혹하려 한다.

이 같은 표피적이고 자극적인 음악들은 결국 우리 시대의 배면에 깔려 있는 물질 만능의 상업주의와 맞물리면서 야금야금 사람의 심성을 상하게 하고, 급기야는 사회를 병들게 하기 일쑤다. 옛말을 빌리자면 치세지음治世之音이 아닌 난세지음亂世之音이 곧 오늘의 우리 일상을 포박捕縛해 가고 있는 게 숨김 없는 저간의 음악계 실상이다.

이 같은 음악계 풍조를 감안할 때 최충웅 명인의 독실한 정악 음반 출간은, 작게는 수신修身과 정심正心의 의미와 크게는 이풍역속移風易俗의 사회적 효능면에서 한층 돋보이는 경사가 아닐 수 없다.

그 이유는 첫째, 평생 정악계에 몸담아 오면서 정악의 정통적 맥을 이은 원로 명인이 정악 음악의 정수를 진솔하게 음반에 수록하여 역사에 남기게 되었다는 점에서 그러하고, 둘째로는 요즘 음악치료학music theraphy이라는 장르가 각광을 받아가고 있듯이, 번잡한 음악들로 오히려 황폐해져 가는 우리 시대의 심성을 청결한 샘물 같은 단아한 정악의 음율로 한층 정화시켜 가며 정악의 본질은 물론 예술의 고마움을 새삼 일깨울 수 있겠기 때문이다.

# 가야고 음악의 신지평을 개척한 작곡가

★

**황병기 교수**

한국 전통음악계에 문화사적인 자긍심을 심어 온 방일영국악상이 올해로 열 돌을 맞았다.

유구한 민족음악사의 맥락에서 볼 때 10년의 시간이란 하나의 작은 눈금에 불과하다. 하지만 20세기 후반 한국 음악계의 시대 상황을 감안할 때, 그 작은 시상 경력 10년의 눈금은 결코 예사롭지 않음을 우리는 이내 간파할 수 있다. 그것은 외래문물의 소용돌이 속에서 전통문화의 소중함을 묵시적으로 일깨워 온 하나의 시대적 계도啓導였고, 국제화의 조류 속에서 민족예술이 지향해야 할 원대한 좌표와 체질을 확고하게 제시하는 역사적 선언의 뜻을 상징하고 있기 때문이다.

어언간 20세기 문화적 격랑의 시대도 갔다. 주객전도의 부끄러운 문화 구도도 눈에 띄게 바로잡혀 가고, 법고法古 없이는 창신創新도 어렵다는 자각에서 주체적 문화의식도 점점 높아가고 있다. 명실상부한 문화적 과도기를 넘어서고 있는 셈입니다. 말하자면 한국 문화사의 한 굵은 마디竹節를 형성해 가는 시점이라고 하겠다.

이 같은 시대적 변이의 마디에 상응하여 방일영국악상 10년의 마디에서도 작은 변화를 꾀해 보았다. 일부 심사위원들을 교체하여 새로운 감각과 가치관을 보안했고, 수상 대상도 연령층을 낮추고 현재 활동을 중시하는 쪽으로 변신을 모색해 본 게 그것이다.

이러한 일신된 체제로 제10회 방일영국악상 심사회의가 열렸다. 이보형, 정재국, 황준연, 안숙선, 박범훈, 한명희 6명의 심사위원 전원이 참석한 가운데 열린 회의에서는 먼저 방일영국악상의 발전적 운영을 위한 자유 토론이 있었고, 이어서 제10회 수상자로 황병기 교수를 선정했다.

황병기 교수가 만장일치로 선정된 이유는 그분의 공적이 뛰어났기 때문이다. 가야고 연주가로 국내에서는 국악의 위상을, 해외에서는 한국의 국위를 선양했고, 불모의 창작계에 현대적 감각을 접목한 주옥같은 신작을 만들어 냄으로써 가야고 음악의 신지평을 개척한 공로 등은 비단 국악계만이 아니라 온 국민이 인정하는 황 교수의 공적이 아닐 수 없다.

황 교수는 본디 법학도였다. 한때 엘리트 코스의 대명사처럼 회자되던 경기고에 서울법대를 나왔다. 하지만 그는 학창 시절부터 국립국악원에 드나들며 가야고를 배웠다. 그 덕에 당시 60년대 초부터 서울음대 국악과 강사로 출강했다. 이처럼 취미로 시작한 가야고가 대학 교단으로 연계가 되었고, 끝내는 법조인이 아닌 음악인으로 업을 삼으며 평생을 이바지하게 된 것이다.

연주자로 출발한 황 교수는 또 한 번의 변신을 한다. 이번에는 작곡가로의 새로운 지평에 들어선다. 물론 그가 작곡 활동을 시작한 60년대 초반 이전에도 국악 작곡 활동은 있었다. 특히 40, 50년대에는 당시 국립국악원에 봉직하고 있던 김기수 선생이 거의 독보적인 활동으로 종래 정악풍의 신작을 발표해 오고 있었다. 그런데 서울음대에 국악과가 창설되면서 전통음악 작곡계도 환골탈태되기 시작하는데, 다름 아닌 서양 음악의 작곡어법을 매체로 한 창작곡이 나오게 된 것이다.

이 같은 시대적인 흐름 속에서 황 교수의 작곡 활동도 기지개를 펴기 시작했는데, 특히 그는 당시 서양 현대 음악기법으로 작곡 활동을 활발히 하던 서양 음악 전공의 강석희, 백병동 등과 교유하며 서구적인 작곡기법으로 가야고 음악의 신곡들을 창작해 내기 시작했다.

이런 경위로 시작한 황 교수의 작곡 활동은 '비단길', '미궁', '가라도' 같은 자기류의 신곡을 만들어 내며 가야고 음악의 레퍼토리를 획기적으로 확충해 갔다. 결국 황병기 교수의 일생은 법학도로 출발하여 가야고 연주가로, 가야고 작곡가로 변모해 가며 다채로운 삶을 살아간 셈이다.

# 내 삶의 인드라망을 수놓은 한악계 별들

★

김연수 · 이창배 외

인생 고개 팔십줄에 들고 보니 그간 나와 인연의 옷깃이 스쳐간 명인 명창의 수효도 가을철 수확을 앞둔 감나무 열매만큼이나 꽤나 풍성한 자족감을 느끼게 한다. 특히 방송 PD 생활 10년이라는 남다른 족적을 걸어온 덕분이기도 하지만, 국악계의 누구보다도 당대를 주름잡던 한악계의 소리별들을 많이 알고 지냈던 셈이다.

게다가 스스로는 부끄럽기 짝이 없는 수준이지만, 남들은 음악하는 문외한 치고는 글줄깨나 쓴다고 치켜세우며 축시나 조시를 비롯해서 이런저런 글들을 청탁해 왔다.

이처럼 글로 인연을 맺은 명인 명창들의 얘기와 글만을 묶어서 상재하려다 보니, 비록 글로는 연결이 안됐지만 이에 못지 않게 소중한 관계망을 가지고 한 시대를 함께한 한악계의 별들이 한두 분이 아니다. 그래서 떠오르는 분들의 존함과 짤막한 사연을 주마간산격으로나마 적어 둘까 한다.

★ 한국 전통문화의 속멋을 소리로 실감해 보려면 신쾌동의 거문고 산조를 감상해 보라고 나는 주저없이 권하고 싶다. 그만큼 그분의 산조 음악, 그중에서도 특히 중몰이나 중중몰이 대목의 멋은 천하일품이다. 몇 번만 들어보면 이내 동화되어 뼛속까지 멋이 일렁이기 마련이다.

신쾌동 명인은 거문고 산조의 창시자인 백낙준을 사사했고, 그 후 그의 산조를 바탕으로 자신의 가락을 얹어 아예 신쾌동류의 거문고 산조를 창출해 냈다. 전통음악은 본래 악보 없이 구전 심수되던 음악이다. 그러다 보니 본바탕에서 벗어나 자신들의 감성대로 새로운 가락이나 더늠이 추가되기 일쑤다. 그래서 통칭 누구누구류라는 류流자가 붙게 되는 것이다.

며칠 전 지인의 차를 타고 이동하는데 우연히 국악방송에서 신쾌동의 거문고 산조가 송출되고 있었다. TBC 시절 그분을 모시고 내가 녹음했던 바로 그 음악이라 당시 추억들이 두서없이 스쳐가곤 했다.

★ 한편 여성국극단을 통해서 연명되던 판소리가 1인 독창의 본모습을 드러내기 시작한 것은 60년대부터다. 이때 거의 독무대처럼 활발하게 활동하던 남성 가객이 곧 김연수金演洙 명창이었다. '이 산 저 산 꽃이 피니…'로 시작하는 단가 사절가를 지은 김 명창은 나와는 각별한 사연이 있다. 그가 건강이 나쁘다는 소문을 듣고 어느 날 그를 모셔다가 녹음을 했다. 그때 이승에서 마지막 부른 노래가 곧 사절가다. 백조는 죽어 갈 때 노래를 한다던가. 말하자면 사절가는 김연수 명창이 이 세상에서 마지막으로 부른 백조의 노래였던 셈이다.

어쩐지 그날 김 명창은 녹음을 마친 다음 굳이 자신이 부른 노래를 다시 들어보자고 했다. 평소 같으면 녹음이 끝나기 무섭게 바쁘다고 총총걸음으로 나가던 분이었다. 아무튼 한적한 사무실에 올라와 갓 녹음한 사절가를 함께 감상했다. 병색으로 초췌해진 그의 얼굴엔 우수가 깃들었고, 지그시 감겨 있는 그의 눈가로는 속절없는 쓸쓸함이 짙게 배어들었다. 석양이 비껴가는 창밖 거리에는 차량과 인파들만 무심히 흘러가고, 실내의 녹음기에선 '인수순약격석화人壽瞬若擊石火요 공수래공수거空手來空手去를 아는 이가 몇몇인고…'라며 김 명창의 애달픈 소리가락이 적막을 가르고 있었다.

그 후 얼마 안 가서 김 명창은 유명을 달리했다. 나는 방송사상 최초로 1시간짜리 특집방송을 제작하여 한 시대를 풍미하던 명창의 작별을 애도했다. 그리고 수십 년 세월이 흘렀다. 어느 해 전남 고흥에서 제1회 김연수국악상 심사가 있어서 갔다. 그때 나는 김 명창의 생가와 묘소를 찾아갔다. 고흥군 금산면이랬던가, 배를 타고 가는 섬이었다. 지금도 서러운 섬 소록도를 지나서 외로이 떠 있는 외딴섬의 야산 둔덕에 쓸쓸히 위치한 김 명창의 산소가 눈에 선하다.

★ 김연수 명창을 연상하면 으레 함께 떠오르는 인물이 있다. 김 명창과 늘 바늘과 실처럼 함께 활동하던 이정업李正業 고수다. 이정업 선생은 60, 70년대는 거의 독무대처럼 활동하던 북반주자였다. 방송을 하건 공연을 하건, 웬만한 국악 연주는 주로 이 선생이 했다. 그분은 기골이 장대했고 풍채도 늠름했다. 옛날 예인들은 거개가 다방면에 능했

지만 이정업 선생도 젊어서는 줄 타는 광대로 이름을 날리기도 했다.

아무튼 이 명인과 김 명창은 단짝처럼 자별하게 지냈는데, 김 명창이 먼저 병을 얻었다. 어느 때 이정업 선생이 내게 직접 들려준 얘기다.

어느 날 이 명인이 김 명창 문병을 갔었다. 몇 마디 위안의 말을 건네자, 그때 김 명창은 "아니야, 나는 내가 잘 알아. 나는 이제 회생하지 못하고 죽는데, 내가 죽으면 자네도 내가 빨리 불러들일게"라고 진정어린 어투로 말했다고 한다. 이에 이정업 선생은 "예끼 이 사람아, 나는 좀 더 살을 거야"라고 말하자, 김 명창은 갑자기 낙담스런 표정을 지으며 "내가 죽으면 저승에서도 노래를 불러야 하는데, 네가 안 오면 반주는 어떻게 하누"라며 말을 맺었다고 한다.

그 후 김 명창이 작고하고 일 년도 안 되어, 약간의 당뇨는 있었지만 건장하기 짝이 없는 체격의 이정업 명고수도 타계했다. 이 같은 사연을 알고 있는 나는 믿고 있다. 지금도 저승에서 두 명인 명창들은 '이 산 저 산 꽃이 피니…'라며 노래하고, '얼씨구 으이!' 하며 북장단 때려 피안의 혼령들을 위무하고 다닐 것이라는 것을 나는 믿고 있다.

★ 벽파碧波 이창배李昌培 선생은 공업학교 출신의 공학도였지만 소리의 길로 들어서 많은 업적을 남겼다. 그분은 식자 계층의 인물답게 인품도 좋았고, 뜻도 모르고 노래하는 후학들을 위해 노래가사를 취합해 잘 정리하여 책자를 내기도 했다. 《증보가요집성增補歌謠集成》과 《한국가창대계韓國歌唱大系》가 그것이다. 초창기 국립국악원의 학예사로도 봉직했고, 국악예술학교 교사로도 일했다.

벽파 선생의 업적은 한두 가지가 아니지만 그 중에서도 두드러진 것은 선소리, 즉 산타령 한바탕을 온전히 후세에 전한 일이라고 나는 생각한다. 물론 벽파 이창배 선생은 산타령만 잘했던 것이 아니다. 시조 가곡 등 정가계통의 노래도 두루 익혀 불렀다. 하지만 산타령 분야만은 그분이 아니었다면 소리맥이 끊겼을지도 모를 만큼 그분의 공로가 지대하다.

사당패들의 노래로부터 유래했다고 하는 산타령은 한때 서울지방의 여러 지역에서 소리꾼들이 즐겨 부르던 노래다. 산타령은 시조나 가사음악처럼 실내에 조용히 앉아서 부르는 소위 좌창坐唱이 아니라, 야외에서 소고를 들고 발림춤을 추며 서서 부르는 노래라는 뜻으로 선소리, 혹은 입창立唱이라고도 한다.

그런데 이들 선소리 계통의 노래는 경기지방에서 불리던 경기입창이 서도지방으로 전파되어 서도입창을 낳기도 했는데, 고정적으로 부르는 곡목은 앞산타령, 뒷산타령, 잦은산타령 등 주로 산에 관한 사설들이기 때문에 산타령이라는 이름이 붙기도 했다.

지난날의 세시풍속이 되고 말았지만, 당시 음력 정월대보름 날 밤이면 서울지방의 내로라하는 소리패들이 놀이터로 나와서 답교놀이도 즐기며 흥겨운 선소리 한바탕을 신명나게 부르며 밤이 이슥토록 청중들과 하나가 되곤 했었다. 먼 고조선 시대의 국중대회처럼 서울 장안의 명절날 선소리패들의 신명판이 얼마나 열광의 도가니였는지는 당시 장안 일대의 소문난 선소리패들의 이름만 열거해 봐도 대충 그 윤곽을 그려볼 수 있다.

뚝섬패, 한강패, 서빙고패, 용산패, 삼개패마포패, 동막패, 성북동패, 왕십리패, 청패, 진고개 호조다리패, 배오개 마전다리패, 과천 방아다리패, 자문밖패, 무아간패, 애오개패 등 목청 좋고 익살 좋은 모가비를 중심으로 이 소리패들이 마음놓고 한판 벌이는 명절날 밤이면 아마도 온 장안이 떠들썩한 신명판에 들어 날 새는 줄을 몰랐을 것이다.

아무튼 이 같은 소중한 소리 유산을 후세에 잇게 한 분이 벽파 선생인데, 오늘의 경기 명창으로 활약하는 이춘희, 김혜란 명창도 그분의 제자다. 나는 벽파 이창배 선생을 모시고 가끔 방송 녹음도 하며 자주 뵈며 지내온 편이다. 벽파 선생과 정득만 선생, 김순태 선생, 이렇게 세 분을 모셔다가 녹음해 놓은 산타령 음악은 지금도 KBS를 비롯한 방송매체에서 요긴하게 사용하고 있다.

벽파 선생은 나를 유달리 아껴 주시던 분이다. 자상한 언사로 늘 따듯하게 배려해 주셨고, TBC건 KBS건 내가 해설하던 새벽 방송은 반드시 챙겨 듣고 과찬해 주시곤 했다. 학식과 인품이 조화롭게 버무려진 그분의 성음으로 산타령 한바탕 들어보면 세파에 잃어버린 살맛 좀 되살아나지 않을까 싶다.

★ 판소리 음악의 요람지는 전라도다. 따라서 판소리 명창 중에는 당연히 그 지역 인물들이 많다. 그런데 판소리 음악의 불모지라고 해도 과언이 아닌 경상도에서 돌연변이처럼 특출한 소리꾼이 배출되었는데, 그가 바로 박녹주朴綠珠 명창이다. 경북 선산의 박수무당 집안에서 태어난 박 명창은 소리로 일가를 이루며 방송과 레코드 취입 등 다방

면으로 활동을 했는데, 특히 춘향가와 흥부가에 능했다.

박 명창이 작고하기 얼마 전 나는 칠십 대의 그분을 모셔다가 녹음을 했다. 지금도 기억에 선명한 것은 노쇠해진 상태에서 노래를 하자니 숨이 차고 기력이 모자라서 장단이 삐기 일쑤였다. 그런데 약간씩 장단이 엇나가는 그 소리맛이 오히려 서양 음악의 '템포 루바토'처럼 노련한 맛을 배가시키고 있었던 점이다.

훗날 어느 해 KBS에 방송 녹음을 하러 가서 보니, 내가 TBC PD 때 녹음해 뒀던 그분의 단가 '운담풍경'의 앞부분이 거의 잘려 나가기 직전이었다. 그런데도 그 소중한 가치를 모르는 듯 리더 테이프도 붙이지 않은 채 사용하고 있었다. 한 번 잘려 나가면 다시는 복원할 길이 없는 보물인데도!

★ 경상도 출신으로 박녹주와 쌍벽을 이루던 명창으로는 가야고 병창의 박귀희朴貴姬가 있다. 비록 가야고 병창으로 인간문화재가 되었지만 박귀희 명창은 판소리도 익혔고 승무나 검무 같은 민속춤도 전문적으로 배웠다.

성격이 활달하고 진취적인 박 명창은 국악예술학교를 설립하고 각종 국악단체들을 이끄는 등 다양한 활동을 펼쳐갔었다. 내가 방송국에서 일할 때 비교적 자주 모셔다가 방송을 한 명인 명창 중 한 분인데, 주로 후배나 제자들과 함께 병창 음악을 녹음했다.

한 번은 김소희 명창이 내게 이런 이야기를 들려준 적이 있다. 안숙선 명창이 왕성하게 활동할 때다. "숙선이는 원래 내 제자였는데 재기

才氣가 아주 뛰어나니까 박귀희가 하도 자기 달라고 졸라서 할 수 없이 그리로 보냈다"는 얘기였다. 만인이 판소리 명창으로 알고 있는 안숙선 씨가 실제로는 가야고 병창으로 인간문화재가 된 배경에는 바로 이런 사연이 숨어 있었던 것이다.

★ 일고수이명창一鼓手二名唱이라는 말은 판소리 바닥에서는 널리 알려진 용어다. 하나의 고수에 두 명의 명창이라는 뜻이 아니라, 첫째가 고수요 그다음이 명창이라는 말이다. 북반주를 하는 고수의 역할이 그만큼 중요하다는 것을 강조한 말이다.

나도 처음에는 얼른 납득이 가지 않았다. 고수의 역할이란 장단을 잘 짚어서 소리하는 사람을 보조해 주는 것이 임무의 전부인데, 거꾸로 소리 명창보다도 고수의 비중이 크다니 이해가 되지 않은 것이다. 그러면 그렇지. 무대에서 청중의 갈채를 받는 것은 소리하는 명창이다. 고수는 뒷전이다. 그러니 명창이나 청중의 입장에서 보면 고수의 처지가 안됐다 싶어서 짐짓 반주자를 치켜세우고 위안해 주려는 배려에서 그 같은 용례가 생겼겠지 여겨왔다.

그런데 그 같은 편견과 선입견이 일시에 불식되는 계기가 있었다. 바로 탁월한 명고 김명환 선생을 만나게 된 일이 곧 그것이다. 세상만사 다 그러하듯이, 근사치들이 아닌 진짜배기를 만나야 그 진미를 깨닫게 된다.

그러고 보니 일고수이명창에 일말의 회의를 느끼고 있었던 까닭도 결국은 그동안 임자를 못 만났던 탓이다. 죽비 소리에 정신이 퍼뜩 들 듯,

진짜배기를 만나고 나니 절로 일고수이명창이라는 말에 새삼 무릎을 치게 된 것이다. 어쩌면 그렇게도 소리판의 정체에 정수리 일침을 찔렀는가고.

김명환 선생 앞에서는 북이 곧 하나의 물체가 아니다. 무언가無言歌를 읊조리는 살아 있는 생명체다. 그의 북에서는 장단이 물결이 되고 파도가 되어 용트림치는 생명체로 환생한다. 그 싱그러운 생명의 리듬을 타고 소리하는 창자唱者는 그 생명의 물결 위에 영롱한 가락으로 수를 놓아간다.

확실히 김명환 명인은 한 시대에 명성이 자자했던 명고였다. 어쩌면 그의 북은 '도깨비 방망이'요 '화수분'과도 같았다. 같은 장단을 두고도 이렇게 치면 이런 멋이 나오고 저렇게 치면 저런 멋이 나온다. 똑같은 리듬을 짚어 내는데도 이리 굴리면 이런 흥이 솟고 저리 굴리면 저런 흥이 넘친다. 그것 참 묘한 재예才藝가 아닐 수 없다. 접신의 경지에 들었다고나 할 천변만화의 파노라마가 아닐 수 없다.

김명환 명고는 1913년 전남 곡성의 갑부집에서 태어나 유족한 유년을 보냈으며, 열넷에 일본에 유학하여 신문물을 익히기도 했다. 귀국 후 명고수들과 교유하며 취미로 북을 익히기 시작했는데, 훗날 기라성 같은 명고수가 되었다. 주로 전남 일대에서 활동하다가 70년대 벽두에 서울 생활을 시작하면서 일약 고법계의 거성으로 이름을 날리게 되었다.

내가 김명환 고수를 처음 만난 것은 TBC PD 시절이다. 당시 가야고의 명인 함동정월을 초청하여 최옥산류 가야고 산조를 녹음했는데,

그때 김 선생이 반주자로 동행한 것이다. 그게 70년대 초엽이었고, 그 후 일체의 접촉이 없다가 80년대 초반 우연한 기회에 그분과 다시 해후하게 되었다.

김 명인이 서울시립대 후문 밖 위생병원 인근에 거주하고 있을 때다. 나는 이때다 싶어 퇴근길에 김 명인의 댁에 들러 판소리 장단을 배워 보기로 했다. 진양조와 중몰이를 어렵사리 따라 배웠다. 그 후 엇몰이장단으로 넘어갔다. 도무지 맛이 나질 않았다. 아니 맛은커녕 기본 박도 제대로 짚지 못했다. 그때 김 명인이 한심하다는 표정으로 한마디 했다.

"아니 그러고도 어떻게 음대 교수를 하요!"

물론 그 후 나는 언감생심 다시는 북채 잡아볼 생각이란 추호도 가져본 적이 없다.

# II

적지 않은 연륜이 쌓이다 보니, 내 삶의 그물망 중에도 유명 무명의 보석 같은 인연들이 밤하늘의 별들처럼 영롱한 빛을 발산하고 있다. 그 숱한 별들 중에서 나와 옷깃이 스쳐간 내 전공 분야인 한악계의 별들과의 인연을 서툰 솜씨로 역사라는 시간의 대리석에 새겨 보았다.

# 전통음악을 사랑하는 고마운 기업인

★

**초해 윤영달 선생**

대학 때 전공이 물리학이라는 사실을 알고는 잠시 의아스런 생각이 들기도 했다. 물론 내 선입견이지만, 수학이나 물리학 같은 분야를 공부하는 분들은 왠지 심성이나 인상이 냉철하고 이지적이지 싶었기 때문이다. 하지만 그분을 보는 순간 그 같은 사견은 여지없이 사라지고 말았다.

한마디로 그분의 인상을 가장 적확的確하게 집어내는 낱말을 하나 고르라면, 나는 서슴없이 인후仁厚라는 두 글자를 고를 것이다. 그만큼 그분의 인상은 누가 봐도 인자하고 후덕하다는 느낌을 지울 수가 없다. 저 같은 덕성스런 풍모 때문에 큰 기업을 일굴 수 있었구나 하는 자못 관상학적인 단상이 스쳐가기도 했다.

그처럼 만인이 호감을 느끼게 하는 풍격 있는 용모를 타고난 분은 도대체 누구일까? 바로 제과업계의 대표기업인 크라운해태제과 초해超海 윤영달尹永達 회장이다.

윤영달 회장은 한국 사회의 명문대가名門大家인 해남 윤씨의 후손이다. 송강 정철 선생과 함께 조선 중기 시문학의 쌍벽이었던 고산 윤선도 선생의 13세 손이다. 윤선도 선생은 고산孤山이라는 호가 함축하듯 성품이 강직하고 고고했다. 따라서 그의 관직 생활에는 풍파도 많았다. 어찌 보면 유배나 관직 삭탈 등 굴곡이 많았던 용행사장用行舍藏 덕에 오히려 주옥같은 시문들을 후대에 남길 시간적 여유를 얻었을지도 모른다.

아무튼 조선조 문학사에서 송강이 가사문학에 거봉이었다면 고산은 시문학에 태두였다. 교과서를 통해서 널리 회자되는 고산의 '오우가五友歌'는 자연주의 문학의 백미처럼 지금도 청초한 시상으로 뭇사람들의 가슴속에 잔잔히 녹아 있다.

나무도 아닌 것이 풀도 아닌 것이
곧기는 뉘 식이며 속은 어이 비였는가
저러고 사시에 푸르니 그를 좋아하노라

오우가 중에서 대나무를 읊은 이 시조는 고산의 대쪽같은 오상고절傲霜孤節이 여실히 응축돼 있다.

각설하고, 달관의 안목으로 아름다운 대자연의 품에 들어 유유자적했던 고산의 후손답게 크라운해태제과 윤 회장 역시 풍류적인 기질이 다분한 기업가다. 그림이나 조각 분야도 그러하거니와 특히 전통 한국 음악에 대한 그의 애정과 호감은 각별한 데가 있다. 언필칭 국악을 좋아한다는 사람은 드물지 않다. 하지만 스스로 좋아서 속속들이 사랑하는 사람은 의외로 많지 않다. 세태가 그러하기에 사심 없이 한악을 좋아하고 즐기는 윤 회장의 예술애호정신은 그래서 한층 돋보인다.

널리 인지된 사실이지만 윤 회장은 매년 서울 광화문광장에서 아리랑 페스티벌을 거창하게 개최한다. 한국인의 정서와 현대사의 애환이 고스란히 담겨 있는 민족의 노래를 널리 선양하며 역사의식을 환기시키기 위한 그분의 속깊은 애국심의 발로가 아닐 수 없다.

뿐만이 아니다. 많은 사람들이 부러워하는 일이지만, 윤 회장은 역시 예술애호가답게 송추의 수십만 평의 산과 계곡에 조각 동산과 연주 장소와 휴식 공간 등을 꾸며서 아트밸리라는 문화예술 명소를 조성하여 만인이 함께 즐길 수 있는 터전을 마련해 주고 있다. 나도 어느 때 한 번 몇몇 지인들과 초대받아 고즈넉한 산등성이의 정자에서 차를 마시던 기억이 지금도 인상 깊게 남아 있다.

윤영달 회장의 이런저런 운치 있는 예술적 행적을 좇다 보면, 분명 나는 그 끝자락에 멀리 고산 선생의 절창 오우가가 태산처럼 우뚝 서 있음을 직감하게 된다.

> 내 벗이 몇인가 하니 수석水石과 송죽松竹이라
> 동산에 달 오르니 긔 더욱 반갑고야
> 두어라 이 다섯밖에 또 더하여 무엇하리

윤영달 회장이 후원하고 이끄는 여러 문화예술 행사들을 감안해 보면, 윤 회장이야말로 이태리 르네상스를 꽃피웠던 한악계의 진정한 코시모 메디치Cosimo Medici라고 해도 틀린 말이 아니다. 이미 십수 년 전부터 정악 계통의 원로 연주가들을 규합하여 양주풍류악회를 결성하고 매달 정기음악회를 이어오고 있으며, 국악 콩쿠르를 통해서 선발한 청소년들을 위주로 영재국악회를 만들어 육성시키고 있기도 하다. 또한 정악계의 원로들로 공연단을 구성하여 해외 순회 공연까지 지속해 오고 있는데, 일본과 베트남과 유럽을 비롯해서 금년에는 몽골 공연을 예정하고 있다.

여러 사례들을 예시할 필요도 없다. 윤 회장의 진정한 한악 사랑의 진면목은 회사 직원들에게도 단가나 시조, 가곡, 일무 같은 정통적인 음악을 익히게 하는 시책에서도 그대로 드러난다. 사소하고 쉬운 일 같지만 기실 기업 현장에서는 그리 간단한 문제가 아니다. 공리적인 타산에 앞서 예술을 사랑하는 윤 회장의 가치관이 여사한 기업의 정서적 기조基調와 체질로 이어지고 있다는 명백한 징표임에 분명한 것이다.

# 초야에 묻힌 국악계의 보옥

★

### 서암 권승관 선생

세상살이 어찌 보면 장강의 물결 같다는 생각이 들기도 한다. 통상 우리는 표면만 보며 그 대상을 이해하기 마련이다. 동시에 흘러가는 물줄기련만 그 저변에 흐르는 물살은 알 길이 없다. 우리 인생살이도 이와 같아서 세상에 널리 회자되는 인물만 기억하고, 초야에 묻힌 인재는 비록 그가 보옥 같은 존재라도 좀처럼 알아채질 못한다.

전통음악계에도 그 같은 사례가 있다. 그분만큼 국악을 사랑하고 그분만큼 국악을 몸소 익히며 심취한 예가 드묾에도 불구하고 중앙 한악계에서는 까마득히 모르고 있었다. 초야의 보옥을 알아볼 정보나 안목이 부족했던 것이다.

당시 시대 상황에서는 모든 문화예술 분야가 대동소이했지만, 전통음악 역시 일제 문화말살정책에서 가까스로 기사회생했다. 바로 그 기사회생의 생기가 움트고 뿌리내린 텃밭이라면 누가 뭐라든 남도의 예향 광주 고을이라 하겠다. 여유 있는 집안 자녀들이 일본 유학을 거치면서 누구보다도 먼저 전통예술의 소중함과 그 남다른 진가를 선구적으로 터득한 덕분이기도 하지만, 일제 암흑기에도 광주 유지들은 유달리 국악을 사랑하고 국악을 육성하려고 애써 왔다.

고장의 몇몇 명인 명창들을 찾아가서 직접 배우고 교유하면서 다 죽어가는 환자에게 미음물을 떠먹이며 원기를 회복시켜 주듯, 살뜰히도 보듬으며 국악의 명맥을 이어냈다. 바로 그 같은 고마운 선각자 중의 한 분이 곧 서암瑞巖 권승관權昇官 선생이다.

전북 김제 출신인 서암 선생은 한국기계공업의 선각자요 개척자라고 할 기업인이었다. 6 · 25전쟁 와중에 화천기공사라는 합명회사를 차려 기계공업 분야의 초석을 놓았는데, 오늘날 글로벌 네트워크를 구축하며 세계로 뻗어가고 있는 화천貨泉그룹이 바로 그 후신이다.

서암 선생이 한국의 기계공업 육성에 얼마나 지대한 영향을 끼쳤느냐 하는 평가는, 정부가 그분에게 어떠한 예우를 해 드렸는가를 살펴봐도 자명해지는 일이다. 한마디로 정부는 그간 그분에게 금탑산업훈장을 포함해서 훈 · 포장만 여덟 번 수여했다.

이처럼 서암 선생은 한국 굴지의 저명한 기업가였다. 하지만 이에 못지않게 광주 지역 국악 발전의 태산북두泰山北斗였다. 광주국악진흥회 초대 이사장이라는 직함이 단적으로 증언해 주듯, 서암 선생은 당시 그곳의 뛰어난 예인들과 교유하고 후원하며 광주 지역 국악 진흥의 견인차 역할을 한결같은 열정으로 해 왔다.

나남출판사에서 나온 《기계와 함께 걸어온 외길》이라는 서암의 자서전을 보면, 당시 그분이 광주 지역에서 교유했던 국악인 중에는 훗날 서울 중앙무대로 올라와서 크게 양명揚名한 명인 명창들이 한둘이 아니다. 대충만 돌이켜봐도 판소리에 임방울, 정광수, 김연수, 김소희, 박초월, 조상현 등이 있으며, 고수에는 김득수, 김명환 등이 있다. 또한 지역에서 활동하던 국악인이나 애호가들로는 병신춤의 대가 공옥진의 아버지 공대일, 진도 지방의 명창 양홍도, 광주기예조합의 소리꾼 안채봉, 그밖에 박동실, 임세균, 김비현 등 뛰어난 예인들이 줄을 잇는다.

서암 선생은 국악을 사랑하며 후원하던 애호가나 독지가에만 머문 분이 아니었다. 그 자신이 소리북의 달인인 명고수였다. 북장단 몇 가지 익혀 본 정도가 아니었다. 북장단의 속멋을 속속들이 터득한 경지였다. 그래서 그분의 장단에는 전통음악의 총체적 맛과 멋이 배어 있고, 소리꾼의 소리 길도 자연히 그분의 북가락을 따라서 흐를 수밖에 없었다. 임방울 명창이 말년의 광주 공연에서 서암의 북장단을 주문했던 사실은 널리 회자되는 일화다.

또한 서암 선생은 어려운 이웃을 배려하고 널리 장학사업을 펼쳐 온 독지가이기도 하다. 나는 지난 세기 90년대부터 4반세기 이상을 중앙아시아 카자흐스탄과 우즈베키스탄 등지를 매년 순회하며 그곳 고려인 동포들을 위한 위문공연도 하고 한글도 가르쳐 주는 일을 해 왔으며, 그 나라 유력 인사들을 한국에 초청하여 양국의 가교 역할을 했다.

그 무렵 우즈베키스탄 타슈켄트에서 놀라운 소식을 들었다. 한국의 광주 분들이 그곳에 와서 고려인들에게 한글도 가르쳐 주는 등 여러 가지 고마운 일을 하고 있다는 것이다. 그때 나는 내심 반갑기도 놀랍기도 했다. 나만이 선각자인 양 실천해 오고 있는 일들을 어떻게 지방도시인 광주 분들이 그 같은 일에 앞장설 수 있었을까 심히 의아했기 때문이다.

당시만 해도 웬만한 한국인들은 중앙아시아가 어디쯤 붙어 있는지도 모를 때였다. 더구나 그때는 직항로도 없어서 멀리 모스크바를 경유해야 했다. 그 같은 열악한 상황 속에서도 광주 분들은 고생하는 핏줄들이 안됐어서 머나먼 타슈켄트까지 찾아간 것이다. 훗날 안 사실이지만, 그 같은 미담의 주역이 곧 서암 권승관 선생이셨다.

《논어》에 '흥어시興於詩 입어례立於禮 성어악成於樂'이라는 말이 있다. 일언이폐지해서 서암 선생의 한평생은 일찍이 십 대 때부터 이미 기업보국企業輔國의 대망을 마음속에 새겨 분기시켰으며[興], 편법이 아닌 정도 경영에 입각해서 이상적인 기업인상을 확립했으며[立], 결국에는 조화와 균형으로 모든 것을 아름답게 아우르는 음악의 속성 그대로 기업과 사회와 인생과 예술을 하나로 용융시켜 세상이 우러러 칭송하는 이상적인 인물상을 체현하며[成], 한 시대를 덕인德人이자 대인大人으로 사셨다고 하겠다.

덕 있는 부모 밑에서 효자 나듯이, 서암 선생의 덕성과 가치관을 청출어람青出於藍으로 이어받은 권영열 화천그룹 회장은 선친의 기업을 획기적으로 발전시켜 독일, 인도 등 세계로 뻗어가는 탄탄한 중견 기업의 기틀을 다졌으니, 가문의 융성은 물론 묵묵히 기업으로 나라에 보답하는 신실信實한 기업인의 모범적 사례가 아닐 수 없다.

더욱이 권영열 회장은 기업의 사회적 기여에도 남다른 소신이 있어서, 선친의 호를 딴 서암문화재단을 설립하고 전통예술의 본향이랄 전남 문화예술 발전에 각별한 애정과 열정을 쏟고 있다. 그 중의 한두 사례가 곧 이 고장의 인재들을 선별해서 장학금을 수여한다든가, 혹은 전통문화예술에 공적이 많은 호남지역 예술인을 선정하여 매년 '서암전통문화대상'을 시상해 오고 있는 예들이라고 하겠다. 특히 금년이 벌써 9회째인 서암상은 회를 거듭하면서 호남 예술인들의 선망의 대상이 되었으며, 음으로 양으로 확실한 격려와 분발의 기폭제가 되고 있다.

# 어느 인연이 그린 삶의 무늬

★

**백석의 연인 자야 여사**

가벼운 몸살기를 느끼며 느지막이 일어나 창밖을 본다. 연무가 자욱하고 만추의 소슬한 가을비가 실낱같이 내린다. 기류가 흐르는지 마당가 은행나무 잎들이 노란 나비들의 군무같이 흩날린다. 가속도로 늙어가는 나이 탓인지 하나둘씩 내 곁을 떠나는 지인들의 혼백 같다는 생각도 든다.

통유리 창가의 내 익숙한 의자에 화석처럼 앉아 씁쓸 달짝지근한 조락의 우수에 잠기다가, 하루 일과의 관성처럼 조간신문을 집어들었다. '양치기 백석白石'이라는 칼럼이 대뜸 눈에 띄었다. 참 묘하다는 생각이 들었다. 바로 전날 나는 대학에서 지기처럼 지내던 몇몇 교수들과 환담하며 우연히 백석과 자야子夜 얘기로 꽃을 피우지 않았던가.

백석 시인의 애인이었던 자야 여사를 처음 알게 된 것은 아마도 지난 80년대 말엽쯤의 일이 아닌가 한다. 당시 서울음대 김정자 교수가 자야 여사를 모시고 남양주 덕소의 내 우거寓居를 방문했다. 김정자 교수는 가야고 전공이지만 자야 여사에게 우리 전통가곡을 따로 배우고 있었다. 자야 여사, 그러니까 김진향金眞香은 전통가곡의 맥을 잇고 중흥시킨 금하琴下 하규일河圭一 스승을 사사했다. 말하자면 전통가곡의 정맥을 이어받은 인물이다.

자야 여사가 멀리 덕소까지 내방한 뜻은 음악 얘기가 아니었다. 지금 생각해도 그녀는 시정의 아낙들과는 달리 확실히 걸출한 안목이 있었던 듯싶다. 전통음악이나 전통문화를 꽃피우려면 당장 목전의 음악적 기량에만 매달리면 안 되고, 멀리 보고 좋은 인재를 키워야 된다며 자기 지론을 폈다. 그리고 돈은 자기가 댈 터이니 내가 인재학교를 세워서 키워 달라는 제의였다.

물각유주物各有主라고 했던가. 세상에 인연이 닿지 않으면 복이 굴러와도 눈치마저 채지 못하는 모양이다. 물론 나는 전공이 따로 있으니 내가 할 수 있는 일이 아니라고 사양했다. 지금 생각하면 일말의 후회가 없지도 않다. 알량한 지식만으로 무장한 재승박덕형 인사들이 하도 요란을 떠는 저간의 세태를 겪다 보니 참다운 인성 교육이 얼마나 소중한 일인지를 뒤늦게 절감하고 있으니 말이다.

아무튼 당시 천억대가 넘는다던 성북동의 대원각은 영재교육의 종잣돈이 될 인연을 살짝 비켜서 법정 스님에게 넘겨졌고, 그 후 길상사라는 이름으로 오늘에 이르고 있다. 자야 여사는 웬만한 범부들이 부끄러울 만큼 선공후사의 국가관과 역사관을 지닌 인물이었다. 아마도 법도 있는 권번 생활을 하면서 당대 숱한 우국지사형 대장부들과의 교유에서 받은 영향이 아닐까 한다.

국립국악원장으로 있을 때였다. 한 번은 대원각 기부 사실을 떠올리며 여사에게 국악원 발전기금을 넌지시 부탁했다. 그분의 소유로 대원각 외에 서초동에 큰 빌딩이 있음을 알고 있기 때문이었다. 여사는 왠지 국악계를 위해 쓰자는 말에는 마뜩찮은 표정이었다.

그리고 몇 달이 지났다. 자야 여사의 선행이 또 언론에 보도되었다. 시가 백억여 원이 넘는 서초동 빌딩을 과학영재를 키워 달라며 과기처에 희사했다는 기사였다. 파란만장한 인생 역정을 살아오며 색즉시공色卽是空이요 공즉시색空卽是色의 경계를 일찌감치 간파했는지, 여사는 아무런 미련 없이 세상살이 공수래공수거의 삶을 깔끔히 솔선수범했다.

자야 여사는 나를 만날 때마다 힘주어 말한 얘기가 있다. 당신 살아생전에 스승 하규일 선생을 기리고, 백석白石을 국문학계에 현창시키겠다는 계획이었다. 부끄럽게도 당시 나는 백석이 누군지 전혀 알지 못했고, 따라서 자야 여사의 그 같은 말을 귀담아 듣지 않았던 것이다.

그러던 어느 해, 아마도 90년대 초반이지 싶다. 여사가 여느 때처럼 단정한 모습으로 서울시립대 내 연구실로 찾아왔다. 그리고 자신이 쓴 원고 뭉치를 내게 건넸다. 자신과 백석 시인 사이의 사랑 얘기를 쓴 일종의 자전적 소설인데, 한번 읽어 보고 잘 다듬어 달라는 청이었다. 예상대로 여사의 글은 어법이 서툴고 문투가 시대에 맞지 않을 뿐만 아니라 문장의 구성 또한 진부했다. 조금 손 좀 봐서 될 일이 아니었다. 나는 여사에게 사실대로 말했다. 국문학 전공 박사과정 정도의 학생을 소개해 드릴 테니 아예 처음부터 환골탈태해야 되겠다고….

그 후 얼마마한 시간이 흘렀는지는 기억이 없다. 자야 여사가 내게 책 한 권을 보내왔다. 문학동네에서 펴낸 《내 사랑 백석》이라는 제호의 책이었다. 속지에는 '한명희 선생깨 6월 22일 1995년 김진향'이라고 친필 서명이 돼 있었다. 지금도 보관하고 있지만 원고의 문투처럼 '선생께'라야 할 철자를 '선생깨'로 표기한 사실도 역시 그녀다운 어법이다 싶어 오히려 친근감이 느껴졌다.

자야 여사를 알고 지낸 기간은 십여 년 남짓. 한강교 옆 외딴 고층 아파트 댁에 초대를 받기도 했고, 어느 때는 덕소 내 집 마당 단풍나무 밑 평상에 앉아 하규일제 전통가곡을 시범 삼아 부르기도 했다. 간혹 외국을 다녀올 때면 내가 약골이라고 건강식품을 챙겨 주기도 했고, 특이한 술을 선물하기도 했다. 하지만 자야 여사와 나는 자별한 사이도 아니었고 소원한 사이도 아니었다. 그저 같은 서울 하늘 밑에 서로 믿고 지내는 지인 한 분 계시는 정도의 친교 거리였지 싶다.

한 세기가 저물어 가던 1998년도의 일이다. 자야 여사에게서 저녁 식사를 하자는 전화가 왔다. 약속한 서초동의 어느 일식집으로 나갔다. 그때의 만남에서 얻은 잔상이 아직도 인상 깊게 남아 있다. 여사의 옷차림이었다. 나는 그동안 여사가 그토록 대담하게 튀는 정장을 한 모습을 본 적이 없었다. 아래위를 모두 순백의 양장으로 갖춰 입고, 머리는 단정하게 치장돼 있었다. 깔끔하고 정갈한 그분의 성품이 촌치의 착오도 없이 의상으로 표출된 분위기였다.

그날 만남의 요지는 당신이 죽기 전에 자신의 가곡 한바탕을 국악원에서 녹음했으면 좋겠다는 부탁이었다. 그 일이 있고부터 하규일 전승의 가곡은 국악원 악사들의 반주로 간간이 녹음되기 시작했다. 그러나 여사의 건강은 점점 쇠약해 갔고, 긴 호흡으로 노래할 기력마저 소진돼 갔다. 결국 이듬해 자야 여사는 이승의 마지막 소망을 미완으로 남긴 채 삶을 영별하고 말았다. 나와의 느슨하면서도 예사롭지 않은 인연도 이렇게 과거지사로 뜬구름같이 흩어져 갔다.

# 기인처럼 살다 간 풍류객

★

**연정 임윤수 선생**

하늘이 내린 천품이란 인간의 한계 밖인지라 어쩔 도리가 없다. 여기 천품대로 바람 따라 물결 따라 천하를 기인처럼 주유하며 살다 간 한 시대의 풍류객이 있다. 연정燕亭 임윤수林允洙 선생이 바로 그분이다.

그분의 정체를 제대로 표현할 어휘가 없어서 풍류객이라는 말을 붙여 봤지만, 이 역시 정확한 낱말은 아닐지도 모른다. 그만큼 연정 선생의 실체는 가변적이며 변화무쌍이다. 붉다 싶으면 붉게 보이고 푸르다 싶으면 푸르게 보인다. 국악계에 남긴 업적을 보면 국악인이고, 사시사철 전국의 사찰을 내 집처럼 드나들며 기거하던 행적을 보면 영락없는 재가승에 분명했다.

연정 선생은 십 대 후반에 경주 율방에서 당시 신은휴申恩休 사범에게 거문고 풍류를 배웠다고 한다. 이미 감수성이 예민한 십 대 때 국악의 속멋을 몸과 가슴으로 익힌 셈이다. 이것이 하나의 문화적 DNA가 되어 평생을 국악계와 인연을 맺으며 즐비한 업적들을 후세에 남기게 되었다고 해도 틀린 말이 아닐 것이다.

그분의 업적 중에서 대표적인 것을 하나만 꼽으라면, 나는 1981년 충남 대전에 대전시립연정국악연구원을 설립한 일이라고 하겠다. 국악의 불모지나 다름없던 중부지방에 어엿한 시립국악단을 창설한 것이다. 연정 선생의 업적이나 위상이 여간하지 않고는 어림없는 일이었다. 더더구나 공공적인 시립기관에 본인의 호인 연정燕亭을 앞세워 단체명을 정할 정도로 당시 그분의 위치는 예사롭지 않았다.

나는 개인적으로 연정 선생을 자주 뵙고 오랜 기간 인연을 이어왔다. 특히 문화예술계에 몸담고 있던 그분의 아드님 임동지 씨와 자별하게 교유해 오던 덕택이기도 하다. 아무튼 연정 선생 역시 내 또래 동년배들과는 달리 나를 각별히 배려하며 챙겨 주셨다.

80년대 초였다. 연정 선생이 이끌던 대전연정국악단이 일본 도쿄 공연을 떠났다. 당시 지방의 신생 연주단이 감히 해외 연주를 도모한다는 것은 언감생심이었는데, 연정 선생은 그것을 결행했다. 그때 선생은 단원도 아닌 나를 특별히 초청하여 일본 공연에 동행시켰다. 지금도 기억에 새로운 것은, 공연 때 단장으로서 집박을 한 것은 당연한 일이었지만, 연정 선생은 단원들의 연주가 시답잖다 싶었는지 느닷없이 프로그램에도 없는 시조 한 수를 무대에 나가서 여봐란듯이 불러제꼈다.

이처럼 선생은 원효대사의 무애가無碍歌를 실천하듯 세상사에 구애받는 것을 싫어했고 매사를 훨훨 털며 구름처럼 바람처럼 소요하며 살았다. 법정 스님에 앞서 무소유를 실천한 분도 선생이지 싶다. 서예건 그림이건 들어오는 족족 남에게 주어 버리며 평생을 공수래공수거로 일관했다. 그리고 공자가 칠십에 깨달았다는 종심소욕불유구從心所慾不踰矩의 경지처럼 천지만물과 교유하며 마음 가는 대로 풍류랑風流郎처럼 한 세상을 일관했다.

여기 그분의 기질을 단적으로 보여 주는 재미있는 인사법을 하나 소개한다. 거침없고 활달한 성품 그대로 연정 선생은 반가운 이들을 만나면 그것부터 움켜잡는다. 여기 '그것'이란 남자의 그 소중한 물건을 말한다. 이 같은 인사는 물론 잘 알고 신임해 오는 후학들에게만 한다. 그분 특유의 너털웃음과 함께 "그동안 잘 있었는지 어디 한 번 만져 보자꾸나"라며 이쪽의 인사가 채 끝나기도 전에 날렵하게 그곳을 잡으며 자별한 답례를 보낸다. 교수건 이름난 연주가건 내 또래의 연배 중에서 그분에게 '그곳'을 잡혀 보지 않은 이는 거의 없을 것이다. 달리 말하면 연정에게 그곳을 잡혀 봐야 비로소 국악계의 괜찮은 인물로 인정받는 격이 되는 셈이다. 요즘 말로 하면 일종의 인증 샷이다.

그런데 이상하게도 나는 연정 선생에게 한 번도 그곳을 잡혀 보지 못했다. 아예 깜냥이 안 된다 싶어서 그랬는지도 모를 일이다. 하지만 어찌하랴. 아무리 깜냥을 키워 본들 고인이 되신 연정 선생께 '인증 샷'을 받기는 다 틀린 일이니 말이다.

# 정녕 가시나이까

★

## 화정 김병관 선생

동아일보 발행인으로 존함은 익히 알고 있었지만, 내가 화정化汀 김병관金炳琯 선생을 직접 뵌 것은 딱 한 번이다. 언젠가 서울 인사동 거리에서였다. 나는 안국동 쪽에서 인사동 네거리 방향으로 내려가는 중이었는데, 반대 방향에서 올라오던 이수성 총리를 우연히 만났다. 그때 이 총리와 동행하고 있던 분이 바로 화정 선생이었다. 그때 이 총리는 내게 "한 교수, 인사드려. 동아일보 김 회장님이셔"라며 선선한 어투로 말했다.

많은 사람들이 인정하듯 이수성 총리는 자칭 호형호제하는 사람이 수만 명이 된다는 한국의 마당발이다. 잔정이 많으면서도 호방한 데가 있어서 많은 지인들이 그분을 따랐다. 나보다 2년 위인 그를 나는 이런저런 인연으로 대학 때부터 알고 지냈기 때문에 격의 없이 그를 좋아했다.

아무튼 이 총리를 통해서 나는 화정 선생을 뵙게 되었는데, 내가 느낀 첫인상은 유난히 온후하고 과묵하다는 느낌이었다. 언론계 인사들은 아무래도 이지적이고 예리한 구석이 있으려니 여겨오던 선입견 때문이기도 했겠지만, 화정 선생의 분위기는 눈에 띄게 소탈하고 후덕하다고 느꼈던 경험이 지금까지도 완연하다.

화정 선생과의 해후는 이렇게 일회성으로 끝났지만, 세상만사 인연의 실타래는 누구도 그 끝을 알 수가 없다. 화정 선생과의 인연도 이와 같아서, 나는 훗날 그분의 장례식에서 조창弔唱 가사를 쓰게 되었으니 참으로 인생살이 인연의 고리들이란 도시 그 정체를 가늠할 길이 없다.

고려대학 영결식장에서 내 조사에 안숙선 명창이 가락을 얹어 진양조의 비탄조로 조가를 부르자 장내는 이내 눈물바다가 되었다. 인사동에서 스친 인연이 화정 선생의 마지막 이별 예식에서 일종의 해로薤露를 통해 다시 이어졌으니, 참으로 인연이란 현묘玄妙하기 짝이 없다고 하겠다.

정녕 가시나이까 화정 선생님

만경들 고창골에 봄비 내리고 진국명산 삼각산에 서설瑞雪이 내리며
온누리 삼라만상 생명의 물결 가득하니,
김 회장님 당신께서도 연년익수延年益壽 만수무강 누리시리라 믿었는데,
이 무슨 비보란 말씀이외까.
이 무슨 대경실색 하늘이 무너지는 슬픔이외까.

존경하는 화정 선생님!
나라가 어려울 때, 겨레가 곤고困苦할 때
항상 민족의 희망으로 국체를 지켜내던 민족언론 동아 가족,
국내외 자랑스런 민족의 대학 고려대에 모여든 천하 영재들,
고려중앙학원의 요람 속에서 웅지를 키워 가는 나라의 동량지재,
이들 모든 화정 선생 평생의 분신들은 어찌하라고
이처럼 홀연히 모습을 숨기시나요.
이렇게 황망히 작별을 고하시나요.

제 소리 제 장단을 아끼시며 민족문화 창달에 헌신하신 화정 선생님,
안중근 의사와 홍범도 장군 같은 신작 창극에,
중앙아시아 알마티와 타슈켄트, 러시아 모스크바,
조국의 선율 아리랑 가락으로 촉촉이 위무하던 고려인의 눈물!
이제 어느 누가 그들의 외로움을 보듬어 주고,
이제 어느 누가 문화국민의 품격을 이토록 드높여 가며 이끌어 주시나요.
안 되지요. 안 되지요. 이건 정말 아니지요.

인자하고 후덕하신 화정 선생님!
정녕 무정하게 가시나이까. 만경창파에 배 띄워서 총총히 가시나이까.
산지니 수지니 해동청 보라매도 쉬어 넘는 고봉 장성령 고개,
그 너머 피안의 세계로 정녕 가시나이까.
선조 선친 혈육의 정이 그다지도 그리우셨나이까.

비익조比翼鳥 연리지連理枝라
사모님의 자애로운 모습이 그다지도 애틋하게 사무치셨나이까.
추월이 만정할 때 청천靑天을 울어예는 외기러기처럼,
창졸간에 홀연히 이승을 하직하시니,
남은 자들 하염없이 진양조 이별가로 목이 메어 우옵니다.

언젠가 김소희 선생께 배우신 소리라며 흥타령을 부르셨지요.
'아깝다, 이내 청춘 언제 다시 올거나. 철따라 봄은 가고 봄따라 청춘 가니,
오는 백발 어이할까! 아이고 대고 흥 성화가 났네 흥'

그렇습니다, 화정 선생님.
사람이 비록 백년을 산대도 인수순약격석화人壽瞬若擊石火요
공수래공수거空手來空手去를 왜 아니 모르리까만,
화정 선생님 남기신 업적 너무 높고도 커서,
화정 선생님의 후덕한 감화 더욱 깊고도 두터워서,
못내 아쉽고 애통할 뿐입니다.

동원도리東園桃李 편시춘片時春을 언제 다시 맞을 게며,
백천百川이 동도해東到海면 언제 다시 서쪽으로 되돌아오겠나이까!
부디 하늘나라 선계에서 명복을 누리소서.
천복天福을 누리소서. 영생을 누리소서.

# 유어예遊於藝의 귀명창

★

## 호암 이병철 선생

연주자와 청중은 동전의 양면과 같다고 하겠다. 연주자 없는 청중이 있을 수 없고, 청중 없는 연주자도 존재 의미가 없다. 전통음악계에서도 사정은 여일하다. 좋은 명인 명창 뒤에는 반드시 귀밝은 애호가가 있기 마련이다.

자신이 스스로 노래는 못하지만 듣고 즐기는 데는 일가견이 있는 사람을 일러 귀명창이라고 한다. 여기 진실로 국악을 아끼고 애호하던 '귀명창'을 한 사람 꼽으라면 나는 서슴없이 고 호암湖巖 이병철李秉喆 선생을 앞세울 것이다.

전공이 아닌 사람이 어떤 특정분야의 예술을 관심 있게 알기만 해도 세간의 화제가 되기 일쑤다. 그런데 호암 선생은 국악에 대해 소상히 알고 있을 뿐만 아니라, 시쳇말로 가히 마니아 수준이었대도 과언이 아니다. 늘 국악을 듣고 즐기며 생활 속에서 떠나질 않았다. 《논어》에서 말하는 '지지知之'와 '호지好之'의 단계를 넘어 '낙지樂之'의 경기에

들어 '유어예遊於藝'의 세계를 소요逍遙했던 분임에 틀림없다,

호암 선생의 국악 애호 덕분에 나는 그분을 자주 만날 기회가 있었다. 수시로 나를 불러 국악 관련 심부름을 시켰기 때문이다. 삼성그룹에서 일해 본 사람이면 잘 알 것이다. 조직 내에서 호암 선생의 위상이란 가히 소왕국의 황제격이었다. 사장단도 만나뵙기 힘든 처지인데, 하물며 평사원이 호암 회장을 만난다는 것은 거의 있을 수 없는 일이었다. 요행히도 나는 대학에서 국악을 전공했다는 이력 때문에 그 '지엄한 회장님'을 때때로 대면할 수 있었던 것이다.

내가 TBC에 입사하기 전만 해도 호암 선생에 대한 나의 선입견은 세간의 그것과 별반 다르지 않았다. 우선 그분에 대해 아는 정보가 없었으니 세평을 그대로 공유할 수밖에 없었다. 당시 그분에 대한 세간의 별칭은 '돈병철'이었다. 돈 많은 기업가라는 뜻의 속칭이었다. 나도 그 같은 평소의 인상을 지닌 채, 당시 중앙매스컴센터 공채 3기로 호암 선생 회사에 발을 들여놓았다.

지금도 그때 정황을 떠올리면 얼굴이 화끈해지는 민망스런 일이 하나 있다. '하룻강아지 범 무서운 줄 모른다'는 속담을 그대로 실천했구나 싶은 자괴감이 앞서기도 했던 장면이다. 사내 물정을 모르던 입사 초년생 때의 일이다. 이 회장님의 호출이 있었다. 당시 중앙일보 사옥이었던 서소문동 9층짜리 건물 3층에 호암 선생의 방이 따로 있었다. 물론 호암 선생의 집무실은 당시 소공동 반도호텔 맞은편 삼성 본사 건물에 있었지만, 갓 창설한 중앙매스컴센터에 애착이 많았던

호암 선생은 중앙일보사 회장실을 자주 사용했다.

아무튼 집무실 옆에 응접실이 있고, 거기에 여섯 사람이 서로 대좌해서 앉을 수 있는 낮은 탁자가 길게 놓여 있었다. 방에 들어가 보니 여섯 자리에 다섯 분이 앉아 있었다. 호암 선생이 그곳에 들를 때마다 종종 배석하는 멤버들이었다. 중앙에는 이 회장이 앉아 있고, 그분 좌측에는 홍진기 중앙일보 사장, 우측에는 김덕보 동양방송 사장이 앉아 있었다. 호출된 나는 이 회장님 맞은편에 앉았고, 내 우측에는 당시 승계 수업을 받고 있던 이건희 씨가 있었으며, 좌측에는 비서실장이 있었다. 이어서 여비서가 차를 날라왔다.

문제는 이 지점에서였다. 무언가 지나치게 엄숙하다는 분위기를 느끼면서도 나는 용감하게(?) 차를 마셨다. 당시 이십 대 젊은 혈기에, 또한 치열한 경쟁을 뚫고 들어갔다는 내 나름의 우쭐함도 있던 터라 그랬는지, 아무튼 나는 속으로 '아니, 먹으라고 주는 찬데 왜 못 마셔' 라는 객기와 함께 차를 마셨다. 결론적으로 말해서 그 자리에서 차를 마신 사람은 나를 제외하면 딱 두 사람밖에 없었다. 물론 이 회장과 홍진기 사장이었다. 아들 이건희 씨도 김덕보 방송 사장도 차를 그대로 보고만 있다가 물렸다. 그 일이 있은 후 그리 오랜 시간이 흐르지 않았다. 나 역시 차를 마시지 못했다. 하룻강아지 범 무서운 줄을 알아채고 세상눈을 뜬 이후였다.

내가 겪어 본 이병철 회장은 실로 걸출한 점이 한두 가지가 아니었다. 무엇보다도 그분만큼 우리 전통문화예술을 아끼고 귀히 여기는 명사를 나는 아직 만나보지 못했다. 전문가가 민망할 정도로 문화적 소양이 풍부하고, 좋은 문화유산을 잘 보존하기 위해서는 무엇부터 해야 할지를 꿰뚫고 있었다.

한번은 이런 일도 있었다. 70년대 초였을 것이다. 당시 해군에서는 문명의 혜택을 못 누리는 섬 지방을 순회하며 의료봉사를 하곤 했다. 나는 해군본부와 협의해서 그 순회선을 타고 낙도를 돌며 민요 채집을 하기로 했다. 이 계획을 이 회장께 말씀드리니 아주 반색하며, "그 같은 일은 문공부 사람들이 해놔야 하는데 아직 꿈도 안 꾸니, 늬 할 수 있으면 하그라. 그런데 돈은 운현궁 홍두표에게 얘기해라." 아니, 국악을 우습게 알던 시절에 낙도의 민요까지 소중히 여겨 채록을 반기며 흔쾌히 허락을 하다니! 호암 선생의 전통문화 사랑은 이처럼 넓고도 깊었다.

며칠 후 나는 작업복에 배낭을 챙겨서 승선 준비를 하고 출근했다. 갑자기 이사실에서 호출이 왔다. 훗날 삼성그룹을 떠나 대원외국어학교를 창설한 이원희 이사의 호출이었다. 방에 들어서자마자 그는 다짜고짜 험한 소리로 화를 부리며, 캐비닛을 열더니 서류철 하나를 바닥에 내팽개쳤다.

"뭐 당신만 민요 채집 할 줄 알아? 나도 다 계획이 있어. 그리고 당신 라디오 소속이야 텔레비전 소속이야? 왜 텔레비전 쪽 사람하고 일해?"

그러고는 당장 운현궁에서 근무하던 텔레비전 파트 홍두표 국장을 부르더니 민망할 정도로 몰아붙였다. 같은 방에 나란히 책상을 하고 있던, 후일 삼성전자를 일으킨 강진구 이사와 최당 이사는 불편한 듯 말없이 외면하고 있었다. 아마 그날 이후 홍두표 국장은 내심 어금니를 물고 와신상담하며 훗날을 도모하고 있었을 것이다. 이 같은 소동의 속내는 뻔한 것이었다. 서로 눈치껏 이 회장에게 잘 보여 빨리 출세 좀 해 보려는 심산이었음은 불문가지였다.

호암 선생의 특출난 문화 안목 외에 또 다른 개성이라면 나는 그분의 명쾌하고도 단호한 성품을 손꼽고 싶다. 한번은 민속악계 원로였던 박헌봉 선생한테 가서 국악곡을 하나 복사해 오라는 분부였다. 정남희 산조를 구할 수 없느냐고 말씀했을 때도 그랬고, 그후 백낙준 거문고 산조를 수소문해 보라는 지시에도 얼른 대안이 안 보여 막막했지만, 이번에도 악곡명이 내겐 익숙한 게 아니어서 조금 당혹스럽기도 했다. 당시의 곡명은 기억나지 않지만 흔히 알려진 곡이 아니었음은 분명했다. 아무튼 나는 정릉의 박 선생 댁을 찾아가 회장님 뜻을 전했다. 그런데 박헌봉 선생도 연세가 높아 노망기가 있었는지, "아, 이건 내가 진주에서 얼마나 어렵게 채록해 온 건데…' 라는 등 두서없는 말을 늘어놓으며 복사를 기피했다.

그 후의 상황은 불을 보듯 뻔했다. 호암 선생은 모든 것을 단칼에 결론 낸다. 한 번의 지시로 결론이 나야 한다. 재고나 두 번 다시라는 말이 있을 수 없다. 바로 저런 성품이 큰 기업을 일군 비결이 아니었나 싶을 정도로 쾌도난마의 명쾌한 과단성이 있었다. 키가 작고 가냘픈 체구에 목소리는 작고 조용했으며, 안경 너머 입가로는 늘 자애로운 미소가 잔잔히 흐르던 호암 선생이었지만, 이때만은 아주 단호한 어투로 내게 잘라 말했다.

"니 다시 한번 그 집에 가면 내한테 혼난다!"

소탐대실의 전형적인 예다. 복사본을 받으면 그냥 있을 이 회장이 아니다. 더구나 그 이전부터 당시 8백여만 원이라는 거금을 들여 남산에 국악예술학교를 지어 주는 등 갖가지 배려를 해 주던 상대가 아니던가. 그러니 호암 선생이 느꼈던 배신감은 여간한 게 아니었을 것이다.

개관사정蓋棺事定이라고, 사람의 평가는 사후에 제대로 드러나기 마련이라는데, 유명幽明을 달리한 호암 선생의 진면목이라면 역시 내게는 여일하게 국악을 진정으로 사랑하고 아꼈으며, 겪어 보지 않고는 예상할 수 없을 만큼 문화예술에 조예가 깊었고, 특히 전문가가 부끄러울 정도의 탁월한 '귀명창'이었다는 사실이다.

지금 와 생각해도 아쉽기 짝이 없는 사연이 있다. 한 번은 이 회장님께 명인 명창들이 더 늙거나 돌아가시기 전에 그분들이 부를 수 있는 모든 곡들을 전부 녹음해서 후세에 남겼으면 좋겠다고 말씀드렸다. 물론 호암 선생은 흔쾌히 공감했다. 우선 생각나는 대로 이은관 선생을 모셔다가 배뱅이굿을 필두로 그분의 노래를 수록했다. 그리고 박녹주, 박초월, 김연수, 신쾌동 같은 명인 명창들도 틈틈이 모셔서 녹음했다. 그 후 김소희 명창을 모셔서 그분이 부를 수 있는 민요와 단가들을 전부 녹음했다.

그런 다음 판소리 전 바탕을 녹음 기록할 차례였다. 그런데 국악사의 한 흐름은 거기서 끝났다. 언젠가는 따로 언급할 계기가 있을지 모르지만, TBC와 나와의 인연은 거기까지였기 때문이다.

아무튼 호암 선생의 문예사랑의 열정은 시정市井의 상식을 초월한다. 여기 그분의 다방면에 걸친 국악 사랑의 진정성을 방증할 몇 가지 좋은 사례를 소개한다.

앞서 정남희와 백낙준의 음악을 구해 보라는 호암 선생의 언급이 있었다는 얘기는 얼핏 했다. 글로 전하는 얘기들이니 실감이 나지 않겠지만, 누군지도 모르고 찾을 길도 없는 사람의 음악을 복사해 오라는 지엄한 회장님의 주문을 받은 당사자의 입장은 실로 당혹스럽고 막막하기 짝이 없는 노릇이었다.

상상이 되겠지만 차도 제대로 못 마시는 엄숙한 분위기 속에서 정남희가 누구고 백낙준이 누구냐고 언감생심 반문해 볼 수도 없는 일이고, 일단은 "네, 알았습니다" 하고 무조건 복창하고 나오는 길밖엔 달리 도리가 없었다.

이리저리 수소문을 해 보니 정남희는 월북 음악가였다. 당시로서는 알 길이 없는 인물이었다. 월북자는 이름조차 거론하는 것을 금기시하던 시절이니 더더욱 안개 속의 인물일 수밖에 없었다. 그런 사람의 가야고 산조를 구해 온다는 것은 아예 불가능한 일이 아닐 수 없었다. 결국 그 일은 성사되지 못했다.

정남희 명인의 얘기가 나온 김에 그가 월북하게 된 동기를 전해 두는 것도 좋을 성싶다. 어느 날 박동진 명창이 내게 직접 들려준 얘기다. 정남희의 월북은 한마디로 애정 관계 때문이었다. '홧김에 서방질한다' 는 속담처럼 사귀던 애인을 빼앗긴 홧김에 월북을 했다고 했다. 당시 그는 요정에 나오던 한 여인과 사랑에 빠졌는데, 그 시절 서슬이 시퍼렇던 서울경찰청의 총책 장택상이 그녀를 채갔다고 한다. 찍소리도 못한 정남희는 분통을 참지 못하고 월북을 결행했다.

다시 국악 얘기로 돌아가서, 난감하던 백낙준의 거문고 산조는 어렵사리 수소문 끝에 유성기 녹음을 복사해다가 호암 선생께 진상했다. 그때 그 난제를 해결해 준 사람이 후일 민속음악계에 큰 업적을 남긴 이보형 선생이다. 이 선생은 당시 신촌에 살고 있었는데, 어렵게 집을 찾아가서 통성명을 하고 백낙준의 음반을 빌려다가 복사했다. 그 같은 인연으로 이보형 선생과는 그 후 꾸준하게 동학의 길을 걷게 되었으니, 사람의 관계란 참으로 묘하다는 느낌도 떨칠 수가 없다.

한 번은 당시 미술계 원로였던 이당以堂 김은호金殷鎬 선생을 모셔다가 시조음악을 녹음해 보라는 지시를 받았다. 물론 당시 나는 김은호 화백이 어떤 사람인지 알 턱이 없었다. 뿐만 아니라 대중들이 즐겨 듣던 민요나 판소리 같은 음악도 아니고 대부분의 사람들이 졸립다며 외면하는 시조창을 녹음해 보라니, 내심 의아하게 여겼던 것도 사실이다. 그만큼 호암 선생은 국악 전반에 달통해 있었고, 모든 분야를 두루 즐기며 감상했다.

한편 그분 덕분에 나는 '한국 언론의 사표'니 '민족 지성'이니 하는 호칭으로 뭇사람들의 존경을 받던 청암青巖 송건호宋建鎬 선생 댁을 방문할 수 있는 기회도 있었다. 호암 선생이 직접 청암 댁 방문을 지시했는지, 아니면 호암 선생이 원하던 음악을 수소문하던 끝에 청암 선생 댁을 가게 되었는지는 확실치 않다. 다만 지금도 기억에 생생한 것은 한 시대를 이끌던 최고의 지성이요 대언론사동아일보 편집국장의 집 치고는 상상외로 초라했다는 사실이다.

그분의 가옥은 동작동 국군묘지 산자락과 연결된 흑석동 왼쪽 능선 비탈배기에 있었다. 주변의 집들도 유사했지만 청암 선생의 거처도 영락없이 퇴락한 빈촌의 모습 그대로였다. 비가 오면 새는 비를 피하려고 방 안에서 삿갓을 쓰고 살았다는 황희 정승의 얘기처럼, 청암 역시 야와육척夜臥六尺의 허름한 집에서 오상고절의 선비정신을 궁행하며 간고한 시대의 정신적 지주 역할을 톡톡히 해내고 있음을 그분의 청빈한 삶 속에서도 여실히 느낄 수 있었다. 이 같은 한 시대의 사표를 뵐 수 있었던 연분 또한 호암 선생 덕이었음은 두말할 필요가 없다.

어느 해 여름방학 때였다. 당시 국립국악원에서는 전국 중고교 음악 선생들에게 하계 국악 강습을 시키고 있었다. 교육기간이 끝나자 나는 국악원의 협조를 얻어 음악 교사들을 중앙일보사로 초청하여 사옥 9층 라운지에서 다과회를 열어 주었다. 호암 선생이 챙겨 보라는 소리음반의 정보를 알아보기 위해서였다. 그러고는 그분들에게 한 가지 청을 했다. 각자의 지역 학교로 돌아간 후 혹시 국악 유성기 음반이 눈에 띄면 내게 연락 좀 해 달라는 부탁이었다.

그 후 전남 강진인가 어느 지방에서 SP판 몇 장을 보내왔다. 임방울의 쑥대머리가 수록된 유성기판이었다. 그 음반을 정성껏 스트레오로 재생했다. 당시 그 같은 일을 함께 한 엔지니어는 훗날 삼성 르노자동차 사장이 된 임경춘 텔레비전 기술국의 사우였다.

아무튼 재생된 노래는 지글지글하는 소음 소리만 요란했지, 임 명창의 소리는 저 뒤편 속에서 개미소리만 하게 들렸다. 웬만한 사람이면 두 번 다시 들으래도 고개를 저을 판이었다. 그러나 호암 선생은 그 잡음 투성이의 소리를 벤츠600 안에 장착해 두곤 수시로 즐기셨다.

# 한악계의 은인

★

## 조선일보 방일영국악상

세상에는 상도 참 많다. 갖가지 상들이 넘쳐나고 있다. 상들이 지천이다 보니 개중에는 뒷말이 개운찮은 상들도 적지 않은 모양이다.

그 많은 상 중에서 과연 좋은 상이란 어떤 것일까. 사람마다 입장이 다르겠지만, 내가 보는 좋은 상이란 우선 권위가 있어야 한다고 생각한다. 그런데 시상의 권위는 어디에서 오는 것일까. 상금의 과다에서 오는 것일까? 아니면 주최측의 명성이나 위엄에서 오는 것일까?

무엇보다도 상의 권위는 공평무사한 운영에서 온다. 아름아름 주고받는 상에는 권위가 쌓일 리 없다. 주는 자와 받는 자 공히 그저 주기적으로 치르는 요식행위에 불과할 뿐이다. 주는 자도 받는 자를 소중히 여기지 않고, 받는 자도 수상에 대한 자긍심을 갖기 어렵다.

시를 쓰는 어느 지인의 말이다. 자기가 아는 문인이 얼마 전 어느 문학상을 받았단다. 그런데 상을 받은 대가로 주최측이 발간하는 정기간행물을 상금 이상으로 팔아줘야 했다는 것이다. 문제는 이런 상이 문학계에 비일비재하다는 것이다. 어떤 경우는 수상자가 얼마를 내겠다고 먼저 언질을 주고 상을 받는 경우도 있다고 한다. 이쯤 되면 시상제도가 하나의 생계수단으로 전락한 셈이다. 상 받았다는 것을 시큰둥하게 보거나 우습게 알기 십상이다.

이 같은 폐단은 전통음악계에서도 간간이 들려온다. 심사위원으로 선정되면 은연중에, 어떤 때는 아예 드러나게 자기 제자나 지인이 수상자가 될 수 있도록 서슴지 않고 부끄러운 짓들을 한다.

꽤 오래전 일이다. 전남 고흥에서 김연수 명창을 기리는 제1회 김연수국악상 심사를 위촉받고 참여한 적이 있다. 김 명창의 수제자를 자임하고 남들도 그렇게 인정하는 오 아무개 명창이 심사위원장 역할을 했다. 놀랍게도 그녀는 국악 전공자도 아닌 인물을 수상자로 극구 추천했다. 이름도 들어보지 못한 사람인데 전주에서 국악계를 위해 많은 도움을 준 사람이라고 소개했다. 수상 조건에도 맞지 않는 사람이라며 나부터 적극 반대했다. 결국 안숙선 명창을 제1회 수상자로 선정했다. 선정 회의가 끝난 후 은밀히 알아보니 오 명창이 열렬히 추천했던 인물은 바로 자기 남편이었다.

이 같은 전통음악계의 시상 풍토를 일거에 쇄신하고 등장한 시상제도가 다름아닌 방일영국악상이다. 하기사 방일영국악상은 기존의 여느 국악상들과 같은 지평에서 운위할 대상이 아닐지도 모른다. 그만큼 격이 다르고 차원이 다르다.

이 상은 명칭에서도 알 수 있듯이 조선일보를 한국 대표 신문으로 키워 낸 우초愚礎 방일영方一榮 선생이 1994년에 제정한 국악상이다. 기억하는 분들도 많겠지만 1994년은 소위 '국악의 해'라고 해서 정부가 한 해 동안 국악계를 집중적으로 지원한다는 취지로 출범한 해다. 이어령 문화부장관 시절 그분의 아이디어로 한 해에 예술계 어느 한 분야를 당시 10억 원씩 특별 지원한다는 정책을 실행했는데, 무용과 문학에 이어 세 번째로 국악의 해가 선포된 것이다.

아무튼 유달리 국악을 좋아하며 국악인들을 자별히 배려해 주셨던 우초 선생은 국악의 해를 맞이하여 명실상부한 상다운 상을 출범시켰다. 지난해로 4반세기를 맞이한 방일영국악상은 그동안 전통음악계에 적지 않은 자극과 활력을 불어넣어 왔다. 사계에서 두각을 나타내는 인물들이라면 누구나 내심 수상을 소망하는 선망의 대상으로 굳건히 자리잡고 있다.

방일영국악상의 권위와 위상에 대해서는 구구한 설명이 필요 없다. 그간의 역대 수상자들의 면면을 살펴보면 누구나 그 상의 존재가치를 십분 가늠해 볼 수 있기 때문이다. 여기 제1회 때의 수상자부터 순차적으로 열거해 본다.

제1회 판소리 명창 김소희, 제2회 국악학자 이혜구, 제3회 판소리 명창 박동진, 제4회 정재무 김천흥, 제5회 종묘제례악 성경린, 제6회 서도소리 오복녀, 제7회 판소리 명창 정광수, 제8회 정가 정경태, 제9회 배뱅이굿 이은관, 제10회 가야고 황병기, 제11회 경기민요 묵계월, 제12회 대금 산조 이생강, 제13회 경기민요 이은주, 제14회 판소리 오정숙, 제15회 판소리 고법의 정철호, 제16회 민속음악학 이보형, 제17회 판소리 박송이, 제18회 피리 정재국, 제19회 판소리 성우향, 제20회 판소리 안숙선, 제21회 경기민요 이춘희, 제22회 거문고 김영재, 제23회 사물놀이 김덕수, 제24회 가야고 이재숙, 제25회 한국음악학 송방송.

이쯤 되고 보면 방일영국악상은 상이되 상이 아니다. 그것은 한 시대를 증언하는 한국문예사의 거대한 물줄기이자 척추 같은 산맥이다. 따라서 그 상은 곧 음악상이되 하나의 독특한 문화현상이자 역사의 실록이라 할 수 있다.

이 같은 영예로운 국악상에 나는 직간접적으로 꽤 자주 연계돼 온 셈이다. 직접적으로는 심사위원이나 심사위원장을 했고, 간접적으로는 수상자들이 부탁한 축사의 글들을 시상식 유인물에 기고해 왔다. 25회에 걸친 시상 중에서 16회에 걸쳐서 나의 심사평이나 축하의 글이 실렸으니 이 상과의 인연도 적지 않은 연륜이 쌓였다고 하겠다.

# 문화가 된 노래 아리랑

★

아리랑은 한국의 대표적인 민요다. 해외에까지 널리 알려진 노래다. 따라서 한국인이라면 아리랑을 모르는 사람이 없고, 한국에 관심 있는 외국인들도 웬만하면 아리랑을 안다. 그만큼 아리랑은 지명도나 관심도가 높다.

그런데 참으로 묘한 일면이 있다. 그토록 널리 알려진 민요임에도 막상 아리랑이 어떤 노래라고 설명할 길이 없다. 시도할수록 실체는 멀어지기만 한다. 분명 민요이긴 한데, 단순한 민요가 아니다. 그 이상의 무엇이 자욱한 안개처럼 드리워 있다. 오리무중 같다. 어쩌면 오리무중의 정체를 밝혀 보려는 의도 자체가 무모한 짓일지도 모른다.

"도道를 도道라고 말하면 이미 도道가 아니다"라고 이미 어느 선현이 갈파하지 않았던가. 아리랑 역시 이와 같다. 확실히 아리랑은 민요이되 민요 이상의 감성적 · 문화적 색채들을 담고 있다. 그 복잡한 의미망과 아우라를 설명할 길이 없다. 가락도 악상도 천차만별이며, 가사도 시상詩想도 변화무쌍의 요지경瑤池鏡이기 때문이다.

우선 아리랑은 단수單數이자 복수複數이며, 고유명사이자 일반명사다. 많은 사람들이 아리랑이라고 하면 특정 악곡을 연상한다. 표본적으로 굳어진 소위 '본조아리랑'이라는 곡이 그것이다. "아리랑 아리랑 아라리요. 아리랑 고개로 넘어간다. 나를 버리고 가시는 님은 십리도 못 가서 발병 난다"라는 가사를 9/8박자 16소절의 악곡으로 담아낸 노래다. 이 점에서 아리랑은 단수이자 고유명사다.

하지만 한 켜만 더 들여다보면 사정이 간단치 않다. 우선 아리랑의 명칭을 달고 있는 곡들이 한둘이 아니다. 대개 여러 고장의 이름을 접두어로 달고 있다. 서울지방의 '본조아리랑'을 비롯해 '강원도아리랑' '정선아리랑' '밀양아리랑' '진도아리랑' 등이 대중적으로 널리 알려졌다. 아리랑 연구자들에 따르면 수십 수백 종의 아리랑이 산재해 있다고 한다. 각 고장마다 특색 있는 노래에 자기들의 고장 이름을 붙여서 아리랑이라고 통칭했음을 알 수 있다. 아리랑의 이 같은 다양성을 감안하면 분명 아리랑은 복수 개념의 일반명사가 아닐 수 없다.

아리랑의 기원이나 유래 또한 오리무중이다. 수십 가지 설이 난무하고 있지만, 정설은 없다. 아니, 정설이 있을 수 없다. 하나의 정설이 있을 수 있다면, 이미 그것은 아리랑이 아니다. 그만큼 아리랑의 정체는 복합적이고 다중적이다. 오랜 시간을 거치면서 다중의 정서가 덕지덕지 엉겨붙고, 갖가지 시대 풍상들이 서낭당 돌무더기처럼 퇴적돼 있기 때문이다. 어느 한 모퉁이를 잡고 자의적으로 재단해 들어간다 해서 풀릴 일이 아니다. 하지만 유래가 모호하다고 실망할 필요는 없다. 역설적이게도 아리랑의 매력은 바로 이 출생의 미로에서 한층 증폭되고 있으니 말이다.

아리랑은 분명 파란 하늘에 투영된 한국인의 자화상이다. 일상의 삶이 즐거우면 아리랑 역시 밝게 울리고, 일상이 고달프면 아리랑 또한 한스럽게 흐른다. 또한 국운이 험난하면 아리랑 역시 구성지게 울어 주고, 시대가 태평하면 아리랑 또한 화락和樂하게 노래한다. 도대체 곡조는 하나인데 반향은 이처럼 천변만화다. 민초들이 분신처럼 품고 살지 않을 수 없는 이유다. 자신들의 희로애락에 절절히 공명하며 풍진 세상을 그토록 살뜰히도 위무해 주니 이보다 더한 인생 반려자가 또 어디 있겠는가.

한국인은 지성적이기보다 감성적이다. 감성적이다 보니 정이 많다. 정 중에도 특히 연민의 정에 민감하다. 이러한 정서는 슬픔으로 이어지기 십상이다. 슬픔은 기피의 대상만이 아니다. 심신을 고도로 정화시키는 순기능도 있다. 그래서 웬만한 아픔이나 고난은 쉽게 순화시키고 승화시킨다. 아리랑이 꼭 이와 같다. 아리랑의 대체적인 정감은 슬픔이다. 슬픔이되 비탄에 빠지지 않는 '애이불비哀而不悲'의 슬픔이다. 우수랄까 애상이랄까, 싫지 않은 달짝지근한 슬픔이다.

민요는 시대상을 반영한다. 아리랑이 파죽지세로 풍미하던 때는 국난의 시기였다. 19세기 후반부터 20세기 중엽까지가 특히 그러했다.

왕정은 무능했고, 백성은 곤고했다. 국론은 분열되고 민란도 일어났다. 때마침 열강의 세력들도 멀리 극동의 '고요한 아침의 나라'로 밀려들었다. 국운이 풍전등화였다. 드디어 일본 제국주의가 나라를 삼켰다. 백성들은 살 길을 찾아 고향을 등지고 멀리 간도間島나 블라디보스토크 지방으로 떠났다. 이 같은 고난의 시대에 민초들은 아리랑을 불렀고, 아리랑은 민초들을 위로했다. 많은 아리랑의 가사에 개인적 설움과 시대적 고통이 담겨 있는 배경에는 이 같은 비운의 역사가 도사려 있다. 아리랑의 바탕색이 결코 밝을 수 없는 연유도 여기에 있다.

이래저래 아리랑은 배달민족의 핏줄이요 얼이다. 강물에 씻긴 조약돌처럼, 온갖 애환으로 다듬어진 감성의 결정체다. 비바람에 꺾인 낙락장송의 옹이처럼, 갖은 풍상으로 담금질된 백의민족 영혼의 사리다. 그래서 아리랑을 만나는 것은 또 다른 나를 만나는 것이다. 가족을 만나는 것이고 이웃을 만나는 것이다. 문화를 만나고 역사를 만나고 나라를 만나는 것이다. 바로 한국인 모두의 고국인 대한민국을 만나는 것이다. 따라서 아리랑은 한국인의 정체성이요 한국문화의 상징이며, 대한민국의 감성적 랜드마크다.

참으로 희한한 노래다. 울면서 부르는데 가슴으로 벅찬 희열을 느끼는 노래가 아리랑이다. 즐겁게 노래하는데 속으로 우는 노래도 아리랑이다. 그래서일까. 도대체 기쁘다고 우는 민족이 한민족 외에 또 있을까. 오랜만에 반가운 혈육을 만나서도 울기부터 하는 게 감성의 나라 한국인이고, 큰 상을 받으면서도 기쁘다고 눈물부터 보이는 게 곧 아리랑의 민족 한국인이다.

아리랑이 맹랑한 점은 또 있다. 가사의 간결성이다. 앞서 소개했듯이 표준화된 '본조아리랑'의 구체적 의미가 담긴 가사는 딱 두 문장으로 추릴 수 있다. '아리랑 고개로 넘어간다'와 '나를 버리고 가시는 님은 십 리도 못 가서 발병 난다'가 곧 그것이다. 단 두 문장의 가사가 그토록 수많은 스펙트럼의 감정을 발산하며 만인의 심금을 울리고 있으니 참으로 신기한 일이 아닐 수 없다.

하기야 가사를 곰곰 되새겨 보면, 예사로운 내용이 아니구나 싶기도 하다. '아리랑 고개를 넘어간다'는 것은 곧 인생살이 자체가 아니던가. 시간을 따라서 계속 가다 보면, 걷기 편한 평지도 있고 힘든 고개도 만나는 것이 인생길이다. 평지는 쉽지만 고개는 힘들다. 힘들어도 피해 갈 수 없는 게 인생 행로다. 결국 누구나 맞닥뜨리게 되는 아리랑 고개를 넘어야 한다. 그게 삶이다.

또한 인간의 삶이란 결국 만남과 헤어짐의 연속이 아닐 수 없다. 싫어도 만나야 할 때가 있듯이, 아쉬워도 헤어져야 하는 게 삶의 속성이다. 이합집산의 삶에서 한결 애틋한 정이 석별의 정이다. 아무리 소중해도 때가 되면 작별을 해야 한다. 울고 불고 붙든다고 될 일이 아니다. '나를 버리고 가시는 님'은 숙명처럼 놓아 주어야 한다. 하지만 아리고 허전한 마음은 다스릴 길이 없다. 제발 십 리쯤 가다가 발병이라도 나서 더는 못 가거나, 되돌아 왔으면 좋겠다. 미련과 체념으로 아픔을 치유하고 염원과 소망으로 삶의 의지를 붙들어 두는 달관의 경지인 것이다. 그러고 보니 아리랑 가사는 영락없이 만나고 헤어지는 인연의 고리로 짜여진 인생살이의 압축된 잠언箴言이 아닐 수 없다.

아리랑은 이처럼 참 묘한 노래다. 싱거운 듯 깊이가 있고, 간결한 듯 의미가 막중하다. 한국의 전통음악이 딱 이와 같다. 지성적 문화의 잣대로는 보이지 않고, 서구 중심의 관행으로는 이해되지 않는 구석이 한둘이 아니다. 건성으로 보아서는 형식도 없고 규칙도 없는 산만한 음악 같다. 게다가 박자도 장단도 낯설고, 템포도 음색도 모두 어설퍼 보인다. 첫인상이 결코 이방인의 마음에 들 리가 없다.

하지만 간결하기 그지없는 아리랑이 온갖 감성과 의미들을 화수분처럼 쏟아내듯이, 한국의 전통음악 역시 관심과 애정의 시각으로 바라보면, 특히 외국인의 입장에서는 더없이 이색적이고 진귀한 음악 세계임을 알게 될 것이다. 민요 아리랑은 곧 한국 전통음악의 특성을 압축해 놓은 엠블럼이다.

# 한국 전통예술을 이해하는 키워드

★

한국 전통예술을 감상하면서 흔히 쓰는 어휘가 있다. 바로 '흥'과 '멋'과 '운치'라는 낱말들이 그것이다. 음악을 듣거나 춤을 보거나 그림을 감상하고 나서도 흔히 이 세 가지 말 중의 어느 단어로 각자의 감동을 표현한다. 그만큼 흥과 멋과 운치는 한국 전통예술을 관류貫流하는 공통된 미감美感이 아닐 수 없다. 따라서 이들 세 가지 용어의 개념을 잘 파악하면 한국 전통예술의 남다른 특징이 무엇인지를 이해하는 데 큰 도움이 될 것이다.

물론 정서적인 느낌을 담아내는 추상적인 어휘의 개념을 정확히 설명하기란 지난한 일이다. 지극히 주관적인 견해에 불과할 수밖에 없다. 그럼에도 이들 몇몇 용어에 대해서는 관심 있게 음미해 볼 필요가 있다. 한국의 전통문화를 이해하는 좋은 단서가 될 수 있겠기 때문이다.

## 흥, 감성의 원색적인 표출

흥은 '재미나 즐거움을 일어나게 하는 감정' 이라고 사전은 풀이하고 있다. 평상적인 감정을 어떤 행위와 상황을 계기로 기분 좋게 고양시킨다는 뜻이라고 하겠다. 흥은 한자로 興이라고 표기한다. 일어날 흥, 즉 어떤 현상이 일어난다는 뜻이다. 《논어》에 '흥어시興於詩 입어례立於禮 성어악成於樂'이라는 말이 있다. 대중들의 순박한 정서가 두루 담긴 《시경》의 좋은 시들을 많이 익혀서 오탁汚濁되지 않은 사무사思無邪의 마음을 북돋워 가라는 것이 곧 '흥어시'다. 또한 순수한 감성이라도 지나치면 탈이 생기니, 일정한 절제와 규범을 지켜야 한다는 것이 '입어례' 요, 조화를 본질로 하는 음악을 통해서 넘치지도 모자라지도 않은 균형 잡힌 경지에 도달해야 비로소 이상적인 인재가 될 수 있다는 게 '성어악'이다.

흥이란 일단 좋은 감정이 흥기興起됨을 말한다. 희로애락 등의 여러 감정 중에서도 유쾌하고 화락和樂한 감정이 유발될 때 우리는 흥을 느낀다. 따라서 흥이란 문학적 시심詩心이나 예술적 희열로 연결된다. 우리 전통예술 속에 유난히 난숙한 흥의 색조가 두드러진 것도 이 때문이다. 여기 음미할수록 흥취 있는 시조가 있다.

> 좁다가 낚싯대 잃고 춤추다가 도롱이 잃어
> 늙은이 망령이라 백구白鷗야 웃들 마라
> 십 리에 도화桃花 발發하니 춘흥春興 겨워하노라

한겨울 추위가 지나고 새봄이 돌아왔다. 바람은 보드랍고 햇살은 따뜻하다. 온 천지가 연초록으로 물들어 가고 십 리나 뻗어 있는 복숭아꽃도 빨갛게 만발했다. 겨우내 움츠렸던 감성이 아지랑이처럼 스멀대기 시작한다. 음산한 방안에만 박혀 있을 수가 없어 일단 자연 속으로 봄나들이를 나간다. 얼음 녹은 물가에서 낚싯대도 드리워 본다.

하지만 고기잡이는 안중에 없다. 깜박 졸다 낚싯대를 놓친다. 따사로운 햇볕은 잠자는 춘흥春興을 서서히 흔들어 깨운다. 절로 수지무지手之舞之 족지도지足之蹈之의 어깨춤이 나온다. 일할 때 입던 도롱이가 벗겨져 나간다. 이런 광경을 지나던 백구白鷗가 봤다. 일면 부끄러운 생각도 들었다. 그러나 어쩌랴. 빨간 복숭아꽃이 십 리 길이나 피어 있는데. 그래서 "창공을 배회하는 흰 갈매기야, 늙은이 주책이라고 비웃들 마라. 모두가 주체하지 못하는 봄날의 흥취 때문이 아니더냐" 하고 말하는 것이다.

한국 사회에서는 흥이라는 말 외에도 '신'이나 '신명' 또는 '신바람'이라는 말들도 같은 의미로 쓰고 있다. '흥이 났다'는 말을 쓸 자리에 '신이 났다', '신명이 났다', '신바람이 났다'고 해도 틀린 말이 아니다. 그러고 보면 흥이란 곧 신기神氣와 같은 핏줄임에 분명해 보인다. 다시 말해서 한국 전통문화의 기층이자 원형질이라고 할 샤머니즘적인 토양에서 자라난 문화 인자다.

한국 고대국가의 풍속을 기록한 중국의 옛 사서史書에는 흥미로운 기록이 있다. 고구려의 동맹東盟과 부여의 영고迎鼓와 예맥의 무천舞天을 설명한 기록이 그것이다. 공통적으로 눈에 띄는 것은, 이들의 축제에서는 한결같이 밤낮을 가리지 않고 가무음주歌舞飮酒했다는 사실이다. 영락없이 굿판의 상황과 닮아 있다. 많은 군중이 모여서 노래하고 춤추고 술 마시며 밤낮을 이어가는 정경을 가상해 보자. 감성이 넘쳐서 질펀하게 펼쳐지는 놀이굿 한판의 정취, 그것이 곧 흥과 신바람의 산실이었음을 짐작할 수 있다.

아무튼 흥과 신바람을 빼면 한국 예술은 박제품에 불과하다. 특히 감성 표출의 진폭이 큰 민속예술이 그러하다. 민속예술에는 추임새라고 하는 독특한 장치가 있다. 산조를 연주하거나 판소리를 할 때 반주자가 연주가의 흥을 돋워 주기 위해서 발성하는 몇 마디 말들을 추임새라고 한다. 연주만이 아니라 줄타기 같은 마당놀이의 경우에도 마찬가지다. 추임새가 있어야 제대로 된 연주나 놀이가 된다.

추임새란 말 그대로 추켜세워 준다는 뜻이다. 칭찬해 주는 것이다. '얼씨구', '잘한다', '좋지' 등의 입말로 분위기를 고양시켜 주는 것이다. 그래야 창자나 연주가는 더욱 악흥이 고조돼 가며 감동적인 공연을 해낼 수 있다. 그만큼 추임새의 기능은 민속악 공연의 중요한 필요조건이다. 그러고 보면, 민속예술 공연에 추임새라는 장치가 있다는 사실은 민속예술의 본질이 흥이나 신바람에 뿌리내려 있음을 방증하는 또 다른 실마리가 되는 셈이다.

신명기가 넘치는 분야는 비단 노래나 연주만이 아니다. 춤도 그렇고 그림도 그렇다. 장고춤이나 북춤 같은 무용이 그러하고, 한량춤이나 강강수월래 같은 춤이 그러하다. 마당놀이 역시 마찬가지다. 사당패의 놀이판이 그러했고, 해학과 풍자와 재담이 번뜩이는 탈춤이 그러하다. 모두가 흥을 바탕으로 치러지는 흥겨운 놀이판들이다. 이뿐만이 아니다. 조선시대 풍속화가들의 그림을 봐도, 흥의 정체를 가시적으로 그려 볼 수 있다. 그림 속에도 한국 예술의 공통분모 중 하나인 흥의 실체가 은연중에 배어 있는 것이다.

한국인의 기질 속에는 지성보다는 감성이 농후하다. 사소한 얘기 같지만 문화를 이해하는 중요한 단서가 아닐 수 없다. 특히 지성적인 문화권 사람들이 한국 문화를 이해하는 데 이 점을 간과해서는 안 된다. 동일한 씨앗이라도 토양에 따라서 외양이 달라지듯이, 같은 계보의 예술이나 문화라도 그들이 싹트고 자라난 바탕색에 따라서 그 결실은 현저하게 다를 수 있는 것이다. 한국 문화의 그 중요한 바탕색 중의 하나가 곧 흥이다.

### 멋, 속에서 배어나는 난숙한 일탈

한국 문화를 이해하는 또 다른 키워드로 '멋'이라는 말도 빼놓을 수 없다. 대상을 보는 느낌이 좋아서 전적으로 공감할 때, 우리는 '멋있다' 혹은 '멋지다'라고 표현한다. 이 멋이라는 개념 또한 간결하게 설명할 길이 없다. 그럼에도 불구하고 멋이라는 단어가 한국 문화에서 차지하는 비중은 막중하다.

멋에도 농도의 차이가 있다. 흔히 어설픈 멋은 '겉멋'이라 하고, 농익은 멋은 '속멋'이라 한다. 겉멋은 경멸의 대상이고, 속멋은 상찬의 대상이다. 물론 여기서 말하는 멋은 '속멋'이다. 멋이 무엇인지를 어렵

풋이 가늠해 보기 위해서 내 나름의 주관적인 윤곽을 더듬어 본다.

흔히 우리는 올곧게 뻗은 나무보다는 구부정하게 휘어 자란 소나무가 멋있어 보인다. 똑바로 흘러가는 강줄기보다는 한 번 휘청 굽이쳐 흐르는 물줄기에서 멋을 느낀다. 일망무제一望無際로 펼쳐진 들녘에서도 봉긋 솟은 언덕이 있어야 제격인 듯싶고, 비스듬히 내려 뻗은 기와지붕에서도 살짝 위로 향한 상승곡선이 있어서 근사해 보인다.

그러고 보면 멋을 유발하는 근원은 상도常道나 정형定型에서 약간 벗어나는 경지임을 알 수 있겠다. 상도나 상궤常軌에서의 일탈, 일상성이나 정체성停滯性에서의 일탈, 속박성이나 규격성에서의 일탈, 진부한 관행이나 상투적인 인위에서의 일탈, 그것은 곧 한국의 멋을 창출해 내는 지렛대들임에 틀림없다.

무용의 춤사위에서는 고요한 한 동작의 끝부분에 가서 살짝 강세를 주곤 한다. 허공으로 큰 포물선을 그리던 수건을 마지막 순간에 살짝 잡아채는 살풀이춤의 율동이 그렇고, 속으로 물결 지는 내면의 흥을 간간이 어깨로 들썩 표출해 내곤 하는 한량무閑良舞의 춤사위가 그렇다. 고요한 정靜의 세계를 바탕으로 하다가 사뿐하게 화룡점정畵龍點睛의 동적動的인 변화로 흥을 돋우고 정서적 클라이맥스를 마련하는 것, 그것은 마치 서예에서 끝을 살짝 반대 방향으로 삐치는 운필運筆의 묘미처럼 전형적인 일탈의 예이자 멋의 원천이 아닐 수 없다.

음악에서도 예외가 아니다. 모체가 되는 기본적인 악흥으로 일관하던 악곡이 어느 대목에 가서는 전혀 이색적인 분위기로 살짝 탈바꿈하는데, 여기서 우리는 악곡의 진미와 유현幽玄한 멋을 한층 실감하게 된다. 서사적인 가락들로 일관하다가 좀더 서정적인 수심가愁心歌 가락으로 끝을 여미는 서도잡가西道雜歌의 돌출성이 그 예며, 구수한 사설로 흘러가다가 창부타령 선율로 한층 흥을 돋우는 경기잡가京畿雜歌의 종지형이 그 예다. 판소리 연창에서 간간이 튀어나오는 재치 있는 재담이나 질펀한 육두문자들이 그러하고, 유장하게 노래해 가던 선율을 단칼에 동강내듯 아무 예비 없이 종지하는 평시조의 창법이 그러하다. 조용히 흘러가는 거문고의 음향 속에서 간간이 투박하게 대모玳瑁, 공명통을 보호하기 위해 씌운 가죽를 내려치는 술대거문고를 뜯는 가는 막대의 타현음打絃音도 일종의 음악적 일탈이랄 수 있고, 부드럽고 유순한 대금 가락에 짐짓 청공淸孔에서 울리는 갈대청의 파열음으로 긴장을 고조시키는 수법 또한 일탈의 멋 부리기에 다름 아니다.

모르긴 해도 일탈이 빚어낸 한국의 멋으로는 전통음악의 엇몰이장단만 한 게 없을 것이다. 엇몰이의 '엇'이란 삐뚤거나 어긋난 상태를 가리킨다. 엇시조가 그 좋은 예다. 마흔다섯 자의 정형시가 아니라 그보다 사설이 좀 길게 첨가된 시조가 엇시조다. 정형시조에서 어긋난 시조인 셈이다. 일종의 일탈이다. 따라서 엇몰이장단이란 곧 일상적인 장단과는 달리 일종의 변용을 추구한 이색적인 장단임을 알 수 있다. 정규적인 장단에서 짐짓 어깃장을 부려 본 장단이다. 이 어깃장 장단의 속멋이야말로 한국 문화의 멋의 핵심이자 진수가 아닐 수 없다. 따라서 엇몰이장단의 멋을 알면 이는 이미 한국 문화의 멋의 진미를 터득한 셈이라고 해도 과언이 아니다.

참고로 엇몰이장단의 리듬을 그 변화형과 함께 서양의 음표로 소개한다. 긴 가로선의 밑부분 음표는 장고나 북의 왼쪽 면을 왼손바닥으로 치는 리듬이고, 윗부분의 음표는 오른손으로 장고채나 북채를 들고 우측면의 중앙이나 변죽을 치는 리듬이다. 양손으로 각자의 무릎을 치며 따라 해 봐도 엇몰이장단의 윤곽이 잡힌다.(속으로 〈라 쿰파르시타 La Cumparsita〉의 리듬도 연상해 가면서)

우선 엇몰이장단에서는 자유자재의 원숙미가 넘친다. 분명 그것은 통상적인 규칙성에서의 일탈임에도 괴리감이 느껴지거나 격格이 깨지지 않는다. 득도의 경지에 이른 예인藝人의 일필휘지가 신품神品이 되듯, 그것은 탈선하듯 어깃장스럽게 짚어 가는 고법鼓法인데도 오히려 난숙한 흥과 멋이 넘친다. 해탈한 고승의 무애無碍의 세계랄 수도, 혹은 마음 가는 대로 따라 해도 결코 법도에 어긋나지 않는 종심소욕불유구從心所慾不踰矩의 경지에 비견될 수도 있다 하겠다.

그러고 보면 우리 멋을 유발하는 일탈의 개념이란 일단 원숙과 노련을 전제한다고 하겠다. 설익은 멋을 위한 억지의 이탈이나 거역을 위한 의도적인 탈선이 아닌, 속에서 배어나는 난숙한 일탈, 그것이 곧 한국의 멋을 양조釀造시키는 효모酵母로서의 일탈이라고 하겠다. 예컨대 때가 되어 숙성되면 석류가 익어 터지고, 밤송이가 무르익어 알밤이 떨어지듯이, 난숙한 상태에서 자연스럽게 불거져 나오는 일탈, 바로 그 자연성과 완숙성이 멋의 원천인 일탈의 본질인 것이다.

한편 멋과 풍류風流는 상친관계相親關係가 아닐 수 없다. 일탈을 전제로 한다는 점에서 특히 그러하다. 관념적인 틀에서 벗어나고 진부한 일상성에서 탈피해 무소기탄無所忌憚의 해방감을 누리는 경계, 세속의 영욕을 떠나 거문고와 함께 기인처럼 살다 간 신라시대 물계자勿稽子의 행적과 같이 예술의 경지를 넘나드는 유어예遊於藝의 세계, 명산대천을 찾아 가악歌樂으로 인생을 다듬어 가던 화랑花郞들의 경우처럼 인위의 구각舊殼을 벗고 합자연적인 섭리를 좇아 행운유수行雲流水와 같이 처세하는 달관의 경지, 끼니가 없어도 음악으로 자적自適했던 백결百結의 일화처럼 바다만큼이나 넓은 도량의 낙천적인 세계관, 바로 이런 경지로의 감성적 혹은 정신적 일탈에서 오는 흥취와 자족이 풍류의 본 모습이라고 하겠다.

아무튼 멋과 풍류적 흥취를 빚어내는 일탈은 노련미의 결정체이자, 새로운 창조의 동인動因이라고 하겠다. 나뭇등걸에서 새순이 일탈하여 새로운 거목이 되고, 작은 씨앗에서 새싹이 일탈하여 새 생명을 만들고, 동일한 산조지만 개인적인 시김새나 더늠으로 일탈하여 새로운 자기류의 음악을 형성해 내는 사례 등에서 볼 수 있듯이, 일탈은 곧 새로운 세계, 새로운 생명체로의 창조과정임에 다름 아니라고 하겠다. 일탈이되 이질감을 느끼지 않음은 조화와 균형을 잃지 않기 때문이며, 일탈이되 소멸이나 파괴가 아님은 진眞 · 선善 · 미美를 바탕으로 새로운 창조의 세계로 연계되기 때문이며, 일탈이되 치졸稚拙이나 겉멋이나 부조화로 전락되지 않음은 곰삭은 원숙미와 풍류적 기품氣稟이 전제됐기 때문이다.

한마디로 일탈이 빚어내는 한국의 멋은 생명순환적인 창조의 원의지原意志에 다름 아니고, 우리 존재를 긍정해 주는 삶의 진체眞體이자 원형질이며, 한국적 자연관이나 인생관에서 발효된 희한한 향취의

미적 감흥이요 문화적 정서지대라고 하겠다. 결국 음악을 통해 본 우리의 멋은 난숙한 일탈, 풍류적 일탈에서 오는 일련의 '일탈의 미학'인 셈이다.

## 운치, 선비문화의 예술적 향취

한국 문화를 표상하는 미적 개념의 마지막 단계는 운치韻致이다. 인생으로 비유하자면 흥은 청년기에, 멋은 장년기에, 운치는 노년기에 해당한다고 하겠다. 정서적 흥취를 있는 그대로 발랄하게 드러내는 흥이 혈기 방장한 청년기를 닮았다면, 자신의 감성을 십분 숙성시켜서 은유적으로 넌지시 드러내는 멋은 산전수전 겪어내며 인생의 내면을 음미해 가는 장년기에 흡사하다. 이에 비해 흥도 아니고 멋도 아니면서 격조 있는 미감을 표출하는 운치는 영락없이 결삭고 곰삭은 삶의 지혜들이 응축된 노년기의 풍취를 대변한다.

운치라는 개념은 우선 품격과도 통한다. 품격이 높아야 운치가 생긴다. 또한 귀티가 있어야 한다. 단아하고 고급스런 분위기가 있어야 운치를 느낀다. 뿐만이 아니다. 함부로 범접할 수 없는 절조節操도 있어야 하고, 고도로 정제된 균제미均齊美가 있어야 한다. 또한 티 없는 창공처럼 속기俗氣가 없어야 하고, 경중미인鏡中美人의 표정 같은 맑음이 있어야 한다. 이 같은 몇 가지 요건들이 용융되어 더없이 우아하고 청초한 고품격의 예술미를 담아내고 있는 게 곧 운치의 세계다.

운치라는 한국 문화 특유의 미감을 확인하려면 전통사회의 선비문화를 일별해 보는 게 상책이다. 그만큼 선비문화 속에는 운치라는 개념의 미감美感이 두루 편재해 있다.

조선시대 평균적인 선비의 일상을 한번 되돌아보자. 온돌방 기름 먹인 장판 위에는 화문석 돗자리가 깔려 있고, 그 위에는 선비의 서안書案이 놓여 있다. 의관을 단정히 한 선비는 보료방석에 앉아서 서안에 놓인 경전을 읽어 간다. 고요히 앉아서 천하를 주유하고 천지를 요량해 보는 것이다. 깨우침의 희열이 있을 때는 잠시 끽다의 시간을 갖기도 한다. 은은한 차향이 중후한 고서들의 서권기書卷氣와 어우러지며 묘한 분위기의 운치를 더해 준다.

드디어 밤이 되자, 사위는 고요하고 무주공산에는 휘영청 밝은 달이 떠오른다. 교교한 달빛이 완자무늬 창호로 새어 들면 분위기는 한층 정감적이다. 서가에 기대 놓은 거문고를 가져다가 줄을 고른다. '싸랭 덩 딩 슬기둥' 하고 술대로 유현遊絃과 대현大絃을 애무하듯 아는 가락을 탄주해 본다. 심산유곡의 낙락장송이 우줄우줄 춤을 추듯, 고색창연한 음향이 잔물결을 이룬다. 때마침 창밖에는 산들바람이 지나가는지 하얀 창호지에는 벽오동 잎새들이 달빛에 어른대며 맞장구를 친다. 이래저래 주인공은 달빛에 취하고 거문고에 취하고 그윽하게 밀려드는 난향蘭香에 취해서, 이내 벽에 걸린 산수화 속의 풍경들과 물아일체가 되어 반신선半神仙이 되고 만다.

지난날 선비들의 서재에는 으레 문방사우가 갖춰져 있었다. 글 읽는 선비들의 네 가지 필수품으로, 붓과 먹과 벼루와 종이가 곧 그것이다. 심오한 경전에 몰입하다가 자못 한유閑裕한 흥취라도 일게 되면 지체

없이 지필묵을 마련하여 일필휘지로 유어예의 몽상여행을 떠나 보기 일쑤였다. 이럴 때 즐겨 그리던 전형적인 소재가 매 · 난 · 국 · 죽의 사군자였다. 이들 사군자는, 몸체는 단순해도 개성은 뚜렷하다. 매화와 난초는 그윽한 향기로 선비들의 총애를 받았고, 국화와 대나무는 굽히지 않는 오상고절의 지조로 선비들의 상찬을 받았다. 한결같이 선비의 품도와 절조를 닮은 자연물들이다. 생각해 보면 사군자가 선비적인 성향을 닮은 게 아니라, 평생을 벗 삼아 온 이들 사군자의 개성이 그처럼 운치 있고 지조 있는 선비 기질을 조성해 왔는지도 모를 일이다. 그만큼 사군자와 선비의 일상은 떨어질 수 없는 바늘과 실의 관계였다.

지금까지 전통문화를 꽃피워 온 선비생활의 몇 가지 편린들을 더듬어 보았다. 이들 몇몇 일상에서 찾아볼 수 있는 공통된 예술적 향취가 다름아닌 운치다. 비록 선비생활의 단면을 통해서 운치의 개념을 그려 보았지만, 기실 운치의 미감은 전통문화의 도처에 스며들어 있다. 서화가 그렇고, 가구가 그렇고, 도예나 건축 등이 모두 그러하다. 특히 윤기가 자르르 한 자개장의 단아하고 고졸한 귀티는 가히 세계적 보물감이 아닐 수 없다. 아무튼 운치라는 화두를 가지고 한국의 고급스런 전통문화를 들여다보면 우리는 한결 정확하게 그들의 진수를 포착해 볼 수 있다. 그만큼 운치는 한국 문화를 이해하는 중요한 화두다.

한국 속담 중에 '오동나무 씨만 보아도 춤을 춘다' 는 말이 있다. 한국인의 기질을 아주 정확히 집어낸 표현으로, 한마디로 흥이 많다는 뜻이다. 잘 알다시피 오동나무는 가야금이나 거문고를 만드는 재료다. 그 같은 악기의 재료인 나무의 씨앗만 보고도 그 나무가 자라서 악기가 되어 멋들어지게 뽑아낼 가락을 연상하며 미리 춤을 추게 된다니, 도대체 얼마나 흥이 많기에 그러하겠는가. 실로 기막힌 신명기의 소유자들이 아닐 수 없다.

이처럼 한국인의 기질은 이지적이기보다는 감성적이다. 냉철한 지성보다는 따뜻한 감성을 선호한다. 머리의 기능보다는 가슴의 효용에 친근감을 느낀다. 요즘에 와서는 20세기 후반 서구 문화의 본격적인 수용을 통해서 이상적인 균형을 이뤄 가고 있지만, 얼마 전까지의 전통문화는 주로 감성을 기반으로 한 감성의 문화였대도 과언이 아니다.

바로 여기 가슴속 깊은 심저心底에 용암처럼 고여 있던 감성이 어떤 계기를 만나 화산처럼 분출하는 것이 다름 아닌 흥이요 신바람이다. 이 역동적이고 원색적인 흥이나 신바람이 서서히 내면화되면서 은근한 흥으로 변용된 감성이 곧 멋이다. 한편 운치란, 감성의 텃밭에 뿌리를 두었으나 감성의 색깔이 크게 희석되고, 오히려 지성적 미감을 느낄 수 있을 만큼 단아하게 정련된 경지라고 할 수 있겠다.

지금까지 한국 문화, 특히 전통예술에서 본질처럼 드러나는 몇 가지 개념어들을 소개했다. 흥과 멋과 운치가 곧 그들이다. 이 세 가지 어휘가 내포하는 미적 개념 간에는 공통점도 있지만 숙성도에 따른 편차 또한 크다. 공통점이란 물론 삼자 모두 예술적 감성을 바탕으로 하고 있다는 점이고, 다름이 있다는 것은 미적 질감의 섬세한 차이를 말한다. 한국 전통예술의 미적 질감의 진행과정은 흥에서 멋으로, 멋에서 운치로 이행한다. 물론 주관적 견해다. 이미 언급했듯이, 흥이 감성의 원색적인 표출이라면, 멋은 이를 감싸서 내면화시킨 단계라고 하겠으며, 운치는 지성의 체로 감성의 원료를 걸러내어 한 단계 더 승화시킨 경지라고 하겠다. 이 같은 설명은 결코 이들 간의 질적 우열을 뜻하는 게 아니다. 시간의 경과와 함께 축적돼 가는 숙련미와 그에 따른 개성을 지적하는 것일 뿐이다.

앞서의 비유로 말한다면, 노년기가 장년기보다, 장년기가 청년기보다 더 좋다고 말할 수 없는 바와 마찬가지다. 각각의 단계마다 모두 개성이 있고 특질이 있다. 흥과 멋과 운치의 경우도 마찬가지다. 아무튼 흥과 멋과 운치는 한국의 전통예술을 이해하고 감상하는 키워드이자 길라잡이임은 틀림없는 사실이다. 복잡한 안내서를 읽을 필요 없다. 이 세 가지 낱말의 개념만 몇 번 음미해 보자. 동트는 새벽처럼 한국 전통예술의 정체가 서서히 드러날 것이다.

인연의 옷깃이 스쳐간

# 한악계의 별들


펴낸날 초판 1쇄 2019년 8월 15일

지은이 한명희
펴낸이 서용순
펴낸곳 이지출판

출판등록 1997년 9월 10일 제300-2005-156호
주 소 03131 서울시 종로구 율곡로6길 36 월드오피스텔 903호
대표전화 02-743-7661 팩스 02-743-7621
이메일 easy7661@naver.com
디자인 박성현
인 쇄 (주)꽃피는청춘





값 15,000원

ISBN 979-11-5555-115-8 03810

※ 잘못 만들어진 책은 바꿔 드립니다.

이 도서의 국립중앙도서관 출판예정도서목록(CIP)은 서지정보유통지원시스템 홈페이지(http://seoji.nl.go.kr)와 국가자료공동목록시스템(http://www.nl.go.kr/kolisnet)에서 이용하실 수 있습니다.(CIP제어번호: CIP2019029951)

# 인연의 옷깃이 스쳐간
# 한악계의 별들